5.–

Wolffs Broschur

FP

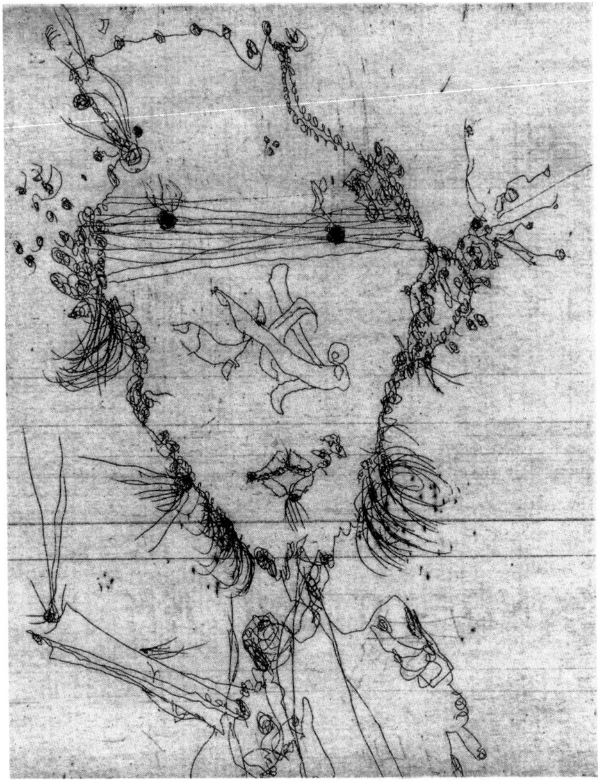

Nikolaj Gogol

DIE NASE

Eine Petersburger Novelle

nebst Entwürfen, dem Epilog der Erstveröffentlichung
und einem Nasen-Fragment *neu* übersetzt und
herausgegeben von Peter Urban.
Mit sechs Radierungen von Horst Hussel.

Friedenauer Presse Berlin 2003

I.

Am 25. März ereignete sich in Petersburg eine ungewöhnlich-sonderbare Begebenheit. Der Barbier Ivan Jakovlevič, wohnhaft auf dem Voznesenskij-Prospekt (sein Familienname ist verloren, und sogar auf seinem Aushängeschild – wo ein Herr mit eingeseifter Wange abgebildet ist sowie die Aufschrift: »auch läßt man zur Ader« – ist nichts weiter angezeigt), der Barbier Ivan Jakovlevič erwachte recht früh und vernahm den Geruch von heißem Brot. Ein wenig im Bett aufgerichtet, sah er, daß seine Gemahlin, eine recht ehrenwerte Dame, die sehr gern Kaffee trank, frisch gebakkene Brote aus dem Ofen holte.

»Heute, Praskovja Osipovna, werde ich keinen Kaffee trinken«, – sagte Ivan Jakovlevič: – »statt dessen möchte ich heißes Brot mit Zwiebel essen.« (Das heißt, Ivan Jakovlevič hätte das eine wie das andere gewollt, wußte aber, daß es völlig unmöglich war, zwei Dinge auf einmal zu verlangen: denn Praskovja Osipovna konnte solche Begehrlichkeiten gar nicht leiden.) »Soll der Dummbartel Brot essen; um so besser für mich« – dachte die Frau Gemahlin bei sich: »bleibt für mich eine Portion Kaffee mehr übrig.« Und warf ein Brot auf den Tisch.

Ivan Jakovlevič zog der Schicklichkeit halber den Frack über das Nachthemd und schüttete, am Tisch sitzend, Salz aus, putzte zwei Köpfchen Zwiebel, nahm das Messer und machte sich, eine bedeutsame Miene aufgesetzt, daran, das Brot zu schneiden. – Als er das Brot in zwei Hälften geschnitten hatte, blickte er in die Mitte und sah zu seiner Verwunderung etwas Weißliches. Ivan Jakovlevič stocherte vorsichtig mit dem Messer darin herum und befühlte es mit dem Finger. »Was Festes?« – sagte er zu sich: »was könnte das sein?«

Er steckte den Finger hinein, und was er herauszog, war – eine Nase! ... Ivan Jakovlevič ließ sogar die Hände sinken; er rieb sich die Augen und fühlte: eine Nase, wirklich eine Nase! und, wie es schien, auch noch eine ihm bekannte. Entsetzen bildete sich ab auf Ivan Jakovlevičs Gesicht. Aber dieses Entsetzen war nichts gegen den Unmut, der seine Frau Gemahlin ergriff.

»Wo hast du Tier diese Nase abgeschnitten?« schrie sie voller Zorn. – »Gauner! Trunkenbold! Ich selbst werde dich bei der Polizei anzeigen! Räuber du! Schon von drei Leuten habe ich gehört, daß du beim Rasieren so an den Nasen zerrst, daß sie fast abreißen.«

Aber Ivan Jakovlevič war weder tot noch lebendig. Er hatte erkannt, daß diese Nase niemand anderem gehörte als dem Kollegienassessor Kovalëv, den er jeden Mittwoch und Sonntag zu rasieren pflegte.

»Halt, Praskovja Osipovna! Ich werde sie in einen Lappen wickeln und in die Ecke legen: soll sie dort ein Weilchen liegen; nachher bringe ich sie hinaus.«

»Nichts hören will ich! Ich soll erlauben, daß bei mir im Zimmer eine abgeschnittene Nase liegt? ... Verkohlter Zwieback! Nichts als mit der Klinge auf dem Riemen auf- und abfahren kann er, aber seine Pflicht zu erfüllen ist er bald völlig außerstande, Herumtreiber, Taugenichts! Ich soll bei der Polizei für dich einstehen? ... Ach, du Schmutzfink, dummer Klotz! Raus mit ihr! raus! bring sie wohin du willst! daß ich nichts mehr von ihr sehe!«

Ivan Jakovlevič stand da wie erschlagen. Er dachte, dachte – und wußte nicht, was er denken sollte. »Weiß der Teufel wie das geschehen ist«, sagte er schließlich, nachdem er sich hinter dem Ohr gekratzt hatte. »Ob ich gestern betrunken zurückgekommen bin, kann ich mit Sicherheit nicht mehr sagen. Aber allen Anzeichen nach, muß das eine unwirkliche Begebenheit sein: denn Brot ist etwas Gebackenes, und eine Nase ganz etwas anderes. Nichts begreife ich! ...« Ivan Jakovlevič verstummte. Der Gedanke, die Polizisten könnten bei ihm die Nase finden und ihn beschuldigen, brachte ihn völlig um den Verstand. Schon flimmerte ihm vor Augen der rote, schön mit Silber bestickte Kragen, der Degen... und er zitterte am ganzen Körper. Schließlich kramte er sein Unterzeug und die Stiefel hervor, zog den ganzen Mist über und wickelte, begleitet von den schweren Ermahnungen Praskovja Osipovnas, die Nase in einen Lappen und trat auf die Straße hinaus.

Er wollte sie irgendwo heimlich ablegen: hinter einem Prellstein an einem Haustor, oder sie irgendwo aus Versehen fallen lassen, um dann in eine Gasse einzubiegen. Doch zu seinem Unglück begegnete ihm immer wieder irgendein Bekannter, der sofort die Nachfrage an ihn zu richten begann: »wohin des Wegs?« oder »wen willst du so früh schon rasieren?«, so daß Ivan Jakovlevič den rechten Augenblick einfach nicht abpassen konnte. Einmal hatte er sie schon fallen lassen, aber der Wachmann zeigte schon von weitem mit der Hellebarde darauf und sagte: »heb das auf! du hast da was fallen lassen!« Und Ivan Jakovlevič mußte die Nase aufheben und sie in die Tasche stecken. Verzweiflung ergriff ihn, um so mehr, als das Volk auf der Straße unablässig zunahm, je mehr die Geschäfte und Läden zu öffnen begannen.

Er beschloß, zur Isaaks-Brücke zu gehen: ob es ihm nicht gelingen wollte, sie in die Neva zu schleudern? ... Aber ich muß mich ein wenig entschuldigen, noch nichts über Ivan Jakovlevič gesagt zu haben, einen in vieler Beziehung ehrenwerten Menschen.

Ivan Jakovlevič war, wie jeder ordentliche russische

Handwerker, ein schrecklicher Trunkenbold. Und ob er gleich jeden Tag fremde Kinne rasierte, war sein eigenes ewig unrasiert. Der Frack von Ivan Jakovlevič (Ivan Jakovlevič ging niemals im Gehrock) war scheckkig, das heißt, er war schwarz, aber ganz bedeckt mit braungelben und grauen Äpfeln; der Kragen glänzte; und statt der drei Knöpfe hingen nur mehr die Fäden herab. Ivan Jakovlevič war ein großer Zyniker, und wenn der Kollegienassessor Kovalëv während des Rasierens zu ihm sagte: »Ivan Jakovlevič, ewig stinken deine Hände!«, so antwortete Ivan Jakovlevič darauf mit der Frage: »wovon sollten sie stinken?« – »Ich weiß es nicht, Freundchen, nur: sie stinken«, sagte dann der Kollegienassessor, – und Ivan Jakovlevič, Tabak geschnupft, seifte ihn dafür ein, auf der Wange, unter der Nase, hinter dem Ohr, unter dem Kinn, kurz, wo es ihm nur gefiel.

Dieser ehrenwerte Bürger befand sich bereits auf der Isaaks-Brücke. Er hatte sich zunächst umgesehen; dann beugte er sich über das Geländer, wie um unter die Brücke zu schauen: ob wohl viele Fische dahineilten, und schleuderte sacht den Lappen mit der Nase hinunter. Er fühlte sich, als seien mit einem Mal zehn Pud von ihm abgefallen: Ivan Jakovlevič grinste sogar. Und statt Beamtenkinne rasieren zu gehen, begab er sich zu der Einrichtung mit der Aufschrift: »Speisen und Tee«, um dort um ein Glas Punsch zu bitten, als er plötzlich am Ende der Brücke einen Quartieraufseher von vornehmem Äußeren bemerkte, mit breitem Bakkenbart, in Dreispitz, mit Degen. Er erstarb; unterdessen winkte ihn der Quartieraufseher mit dem Finger heran und sagte: »Komm doch mal her, mein Lieber!«

Ivan Jakovlevič, der die Umgangsformen beherrschte, zog schon von weitem die Schirmmütze und sagte, gewandt auf ihn zugetreten: »Wünsche Gesundheit Euer Wohlgeboren!«

»Nein, nein, Freundchen, nicht Wohlgeboren; sag mal, was hast du auf der Brücke dort gemacht?«

»Bei Gott, Herr, ich ging jemanden rasieren, und habe nur geschaut, ob der Fluß schnell dahineilt.«

»Du lügst, du lügst! Damit kommst du mir nicht davon. Antworte gefälligst!«

»Ich bin bereit, Euer Gnaden zweimal in der Woche, oder sogar dreimal zu rasieren, ohne jede Widerrede«, antwortete Ivan Jakovlevič.

»Nein, Freundchen, das sind Lappalien. Mich rasieren drei Barbiere und rechnen sichs als große Ehre an. Du erzähl gefälligst, was hast du dort gemacht?«

Ivan Jakovlevič erbleichte... doch hier hüllt sich die Begebenheit völlig in Nebel, und über das, was sich weiter begab, ist entschieden nichts bekannt.

II.

Kollegienassessor Kovalëv erwachte recht früh und machte mit den Lippen: »brr...«, was er immer machte, wenn er erwachte, ob er gleich selbst nicht wußte, aus welchem Grund. Kovalëv streckte sich, ließ sich den kleinen, auf dem Tische stehenden Spiegel geben. Er wollte einen Blick auf die Pustel werfen, die es ihm am gestrigen Abend auf seine Nase getrieben hatte; aber zu seiner größten Verwunderung sah er statt seiner Nase eine völlig glatte Stelle! Erschrocken, ließ Kovalëv Wasser bringen und rieb sich mit dem Handtuch die Augen. wirklich, die Nase war weg! ... Er begann mit der Hand zu fühlen, um zu erfahren: ob er nicht schliefe? nein, es schien, er schlief nicht. Kollegienassessor Kovalëv sprang vom Bett, schüttelte sich: die Nase war weg! ... Er ließ sich umgehend die Kleider bringen und flog geraden Wegs zum Ober-Polizeimeister.

Hier indessen ist es unerläßlich, etwas über Kovalëv zu sagen, damit der Leser sehen kann, welcher Art dieser Kollegienassessor war. Kollegienassessoren, die diesen Titel mit Hilfe gelehrter Attestate erhalten, sind unmöglich zu vergleichen mit Kollegienassessoren, die dies im Kaukasus werden. Das sind zwei völlig geson-

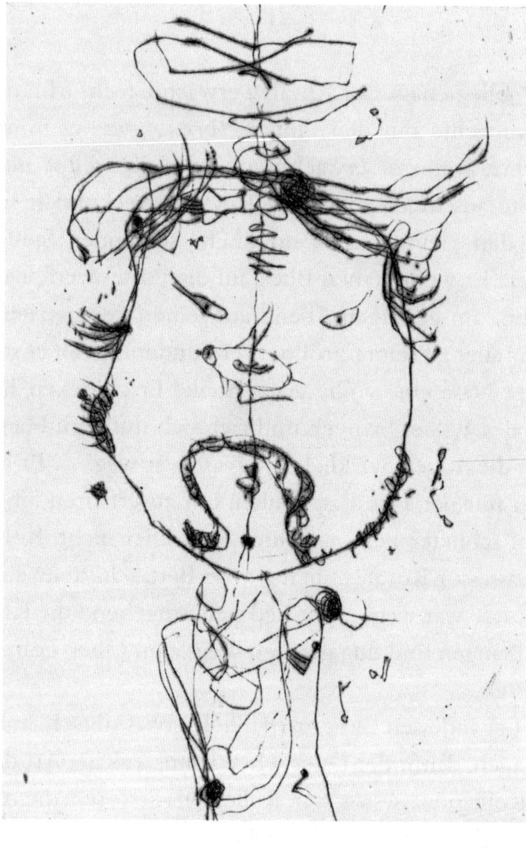

derte Arten. Die gelehrten Kollegienassessoren... Aber Rußland ist ein so wundersames Land, daß, wenn man etwas über einen Kollegienassessor sagt, dies unbedingt alle Kollegienassessoren, von Riga bis Kamčatka, auf ihre Rechnung nehmen. Dasselbe gilt auch für alle anderen Titel und Ränge. – Kovalëv war kaukasischer Kollegienassessor. Er befand sich in diesem Rang erst seit zwei Jahren und konnte ihn deshalb für keinen Augenblick vergessen; und um sich selbst mehr Vornehmheit und Gewicht zu verleihen, nannte er sich nie Kollegienassessor, sondern immer Major. »Hör zu, Täubchen«, – sagte er gewöhnlich, so er auf der Straße einem Weib begegnete, das Chemisettes verkaufte: – »komm zu mir ins Haus; meine Wohnung ist in der Sadovaja; frage nur: wohnt hier nicht der Major Kovalëv – das zeigt dir jeder.« Wenn er hingegen einem hübschen Mädchen begegnete, so gab er ihm überdies den geheimen Befehl, indem er hinzusetzte: »Frage, Seelchen, nach der Wohnung von Major Kovalëv.« – Darum wollen auch wir den Kollegienassessor fürderhin Major nennen.

Major Kovalëv besaß die Angewohnheit, jeden Tag auf dem Nevskij-Prospekt zu flanieren. Das Krägelchen seines Chemisettchens war stets überaus reinlich und gestärkt. Sein Backenbart war von der Art, wie man ihn noch heute bei Gouvernements- und Kreislandvermessern, Architekten und Regimentsärzten sehen kann, desgleichen bei Menschen, die verschiedene polizeiliche Pflichten versehen, und überhaupt bei allen Ehemännern, die volle rote Wangen besitzen und gut Boston spielen: diese Backenbärte verlaufen über die Mitte der Wange hinaus und reichen geraden Wegs bis zur Nase. Major Kovalëv trug eine Vielzahl von Siegeln aus Karneol mit Wappen, auch solche, auf denen eingraviert war: Mittwoch, Donnerstag, Montag und dgl. Major Kovalëv war in eigener Sache nach Petersburg gekommen, und zwar, um eine seinem Titel geziemende Stellung zu suchen: wenn es gelänge, die eines Vizegouverneurs, wenn nicht, die eines Exekutors in einem angesehenen Departement. Major Kovalëv war auch nicht abgeneigt zu heiraten; aber nur für den Fall, daß die Braut ihm ein Kapital von zweihunderttausend einbrachte. Und darum kann der Leser nun selbst beurteilen: welcher Art die Lage dieses Majors war, als er statt einer recht hübschen und mittelgroßen Nase eine geradezu alberne, flache und glatte Stelle sah.

Zu seinem Unglück zeigte sich auf der Straße keine einzige Droschke, und er mußte zu Fuß gehen, in seinen Umhang gehüllt und das Gesicht mit dem Schnupftuch bedeckt, so als habe er Nasenbluten. »Aber vielleicht habe ich mir das alles nur eingebildet: es kann nicht sein, daß einem einfach so die Nase abhanden kommt«, dachte er und ging in die Konditorei, eigens um sich im Spiegel anzuschauen. Zum Glück war in der Konditorei niemand: die Kellnerburschen fegten die Räume und stellten Stühle auf; einige mit verschlafenen Augen trugen auf Tabletts heiße Pastetchen hinaus; auf Tischen und Stühlen lagen die mit Kaffee bekleckerten Zeitungen von gestern. »Ha, Gott sei Dank, niemand da« – stieß er hervor: – »jetzt kann ich nachsehn.« Zaghaft trat er an den Spiegel und blickte hinein: »Weiß der Teufel, so ein Mist!« stieß er hervor und spuckte aus... »Wenn statt der Nase wenigstens etwas wäre, aber da ist gar nichts! ...«

Sich verärgert auf die Lippen beißend, ging er aus der Konditorei und beschloß ganz gegen seine Angewohnheit, niemanden anzublicken und niemandem zuzulächeln. Plötzlich blieb er vor der Tür eines Hauses wie angewurzelt stehen; in seinen Augen begab sich etwas Unerklärliches: vor der Auffahrt hielt eine Kutsche; der Wagenschlag wurde geöffnet; heraus sprang, gebückt, ein Herr in Uniform und lief die Treppe hinauf. Wie groß war Kovalëvs Entsetzen und Verwunderung zugleich, als er erkannte, daß das seine eigene Nase war! Bei diesem ungewöhnlichen Anblick, so schien ihm, drehte sich alles in seinen Augen; er spürte, daß er kaum mehr stehen könne; beschloß aber, um jeden Preis ihre Rückkehr in die Kutsche abzuwarten, am ganzen Körper zitternd wie im Fieber. Zwei Minuten später kam die Nase tatsächlich heraus. Sie war in goldbestickter Uniform, mit hohem Stehkragen; sie trug sämischlederne Hosen; den Degen an der Seite. Nach dem Hut mit dem Federbusch war zu schließen, daß sie im Rang eines Staatsrates stand. An allem war zu merken, daß sie irgendwohin fuhr, um Visiten abzustatten. Sie blickte nach beiden Seiten, rief dem Kutscher zu: »fahr vor!«, setzte sich und fuhr davon.

Der arme Kovalëv wäre um ein Haar wahnsinnig geworden. Er wußte nicht einmal, was er von dieser sonderbaren Begebenheit denken sollte. In der Tat, wie war es möglich, daß die Nase, die noch gestern in seinem Gesicht gesessen hatte, die weder fahren noch gehen konnte, – jetzt Uniform trug! Er lief der Kutsche hinterdrein, die zum Glück nicht weit fuhr und vor der Kazanschen Kathedrale hielt.

Er eilte zur Kathedrale, drängte sich durch die Reihe der alten Bettlerinnen mit den verbundenen Gesichtern und den zwei Sehschlitzen für die Augen, über die er früher so sehr gelacht hatte, und betrat die Kirche. Betende waren in der Kirche nur wenige; sie standen alle nur am Eingang bei der Tür. Kovalëv fühlte sich in einem solch verwirrten Zustand, daß er nie und nimmer die Kraft aufgebracht hätte zu beten, und suchte diesen Herrn in allen Ecken mit den Augen.

Schließlich sah er ihn, abseits stehend. Die Nase barg das Gesicht in dem hohen Stehkragen und betete mit dem Ausdruck größter Frömmigkeit.

»Wie trete ich auf ihn zu?« dachte Kovalëv. »An allem, an der Uniform, an dem Hut ist zu sehen, daß er Staatsrat ist. Weiß der Teufel, wie ich das mache!«

Er begann sich in seiner Nähe zu räuspern; aber die Nase ließ keinen Augenblick von ihrer frommen Haltung und vollführte ihre Verbeugungen.

»Mein Herr...« – sagte Kovalëv, sich innerlich überwindend: – »mein Herr...«

»Sie wünschen?« – antwortete die Nase, sich umdrehend. »Mir ist sonderbar, mein Herr... mir scheint... Sie sollten Ihren Platz kennen. Plötzlich finde ich Sie wieder, und das wo? – in der Kirche. Geben Sie zu...«

»Entschuldigen Sie, ich kann nicht recht erfassen, wovon Sie zu sprechen belieben... Erklären Sie sich näher.«

»Wie soll ichs ihr erklären?« dachte Kovalëv, faßte sich ein Herz und begann: »Natürlich bin ich... übrigens, ich bin Major. Daß ich ohne Nase gehe, geben Sie zu, schickt sich nicht. Irgendein Hökerweib, das auf der Voskresenskij-Brücke geschälte Apfelsinen verkauft, kann ohne Nase dasitzen; aber ich, der ich Aussicht habe, eine Gouverneursstelle zu erhalten... zudem in vielen Häusern mit Damen bekannt bin: mit

Frau Čechtareva, Staatsratswitwe, und andern… Urteilen Sie selbst… ich weiß nicht, mein Herr… (Hierbei zuckte Major Kovalëv die Achseln) … Entschuldigen Sie… aber im Einklang mit den Regeln von Pflicht und Ehre betrachtet… werden Sie selbst begreifen…«

»Nichts begreife ich, gar nichts«, – antwortete die Nase. »Erklären Sie sich genugtuender!«

»Mein Herr…« – sagte Kovalëv im Gefühl der eigenen Würde: – »ich weiß nicht, wie ich Ihre Worte auffassen darf… Aber die Sache ist doch, wie mir scheint, ganz offensichtlich… Oder Sie wollen… Sie sind doch meine eigene Nase!«

Die Nase sah, die Brauen leicht gerunzelt, den Major an.

»Sie irren, mein Herr. Ich stehe für mich selbst. Zudem kann es zwischen uns keinerlei engere Beziehungen geben. Den Knöpfen Ihrer Dienstuniform nach zu urteilen, dienen Sie beim Senat oder zumindest in der Justiz. Ich dagegen bin vom gelehrten Fach.« Mit diesen Worten drehte die Nase sich um und fuhr zu beten fort.

Kovalëv war völlig durcheinander und wußte nicht, was er machen, nicht einmal, was er denken sollte. In diesem Moment war das angenehme Rascheln eines Damenkleides zu hören: eine ältere Dame, ganz in Spitze, trat herzu, und mit ihr eine zarte im weißen Kleid, das sehr niedlich ihre schlanke Taille betonte, mit hellgelbem Strohhut leicht wie ein Törtchen. Hinter ihnen stand ein hoch aufgeschossener Heiduk mit großem Backenbart und einem ganzen Dutzend Kragen und öffnete die Tabatiere.

Kovalëv trat näher, zupfte das Battistkrägelchen seines Chemisettchens heraus, rückte seine an einem Goldkettchen hängenden Siegel zurecht und wandte, nach allen Seiten lächelnd, seine Aufmerksamkeit der luftig leichten Dame zu, die sich wie eine Frühlingsblume sanft neigte und ihr weißes Händchen mit den halb durchsichtigen Fingern an die Stirn führte. Das Lächeln auf Kovalëvs Gesicht wurde noch breiter, als er unter dem Hütchen ihr rundliches, leuchtend weißes Kinn erblickte und einen Teil der Wange, beschienen von der Farbe der ersten Frühlingsrose. Doch plötzlich sprang er zurück, als hätte er sich verbrannt. Ihm war eingefallen, daß er an Stelle einer Nase ganz und gar nichts hatte, und Tränen traten ihm in die Augen. Er drehte sich um und wollte dem Herrn in Uniform ins Gesicht sagen, daß er den Staatsrat nur vortäusche, daß er ein Spitzbube und Halunke sei und nichts anderes als seine eigene Nase... Aber die Nase war nicht mehr da: es war ihr gelungen davonzusprengen, vermutlich wieder zu einer Visite.

Dies stürzte Kovalëv in Verzweiflung. Er ging zurück und blieb eine Minute lang unter der Kolonnade stehen, sorgsam nach allen Seiten ausschauend, ob er die Nase nicht irgendwo entdecken könnte. Er erinnerte sich sehr wohl, daß der Hut einen Federbusch hatte und die Uniform Goldstickerei; aber nicht gemerkt hatte er sich den Mantel, weder die Farbe der Kutsche, noch die der Pferde, nicht einmal, ob hinten ein Lakai gestanden hatte und in was für einer Livree. Zudem rollte eine solche Vielzahl von Kutschen auf und ab, und das in solcher Geschwindigkeit, daß es schwierig war, sie überhaupt wahrzunehmen; und selbst wenn er sie wahrgenommen hätte, so hätte er keinerlei Mittel gehabt, sie aufzuhalten. Der Tag war schön und sonnig. Der Nevskij wimmelte von Leuten; ein ganzer Blumenwasserfall von Damen ergoß sich über das gesamte Trottoir, angefangen von der Polizeibrücke bis zur Aničkov-Brücke. Da kommt der ihm bekannte Hofrat, den er Oberstleutnant zu nennen pflegte, besonders wenn es im Beisein Dritter geschah. Da ist auch Jaryžkin, Tischvorsteher im Senat, ein guter Freund, der beim Boston ewig die Bête machte, wenn er die Acht ausspielte. Da winkt ihm ein anderer Major, der den Assessorstitel im Kaukasus erhalten hat, doch zu ihm zu kommen…

»Hols der Teufel!« – sagte Kovalëv. »He, Kutscher, fahr mich geraden Wegs zum Ober-Polizeimeister!«

Kovalëv setzte sich in die Droschke und rief dem

Kutscher nur immer wieder zu: »fahr, was das Zeug hält!«

»Ist der Ober-Polizeimeister zu Hause?« rief er, als er den Hausflur betrat.

»Keineswegs«, antwortete der Türsteher: – »Er sind soeben weggefahren.«

»Da haben wirs!«

»Ja«, – setzte der Türsteher hinzu – »und es ist gar nicht lange her, daß er weggefahren sind. Wären Sie ein Augenblickchen früher gekommen, hätten Sie ihn vielleicht zu Hause angetroffen.«

Ohne das Schnupftuch vom Gesicht zu nehmen, setzte sich Kovalëv in die Droschke und rief mit verzweifelter Stimme: »fahr zu!«

»Wohin?« sagte der Kutscher.

»Fahr geradeaus!«

»Wie, geradeaus? hier ist eine Gabelung: rechts oder links?«

Diese Frage gebot ihm Einhalt und zwang ihn, erneut nachzudenken. In seiner Lage hätte er sich als erstes an die Verwaltung für Wohlverhalten wenden sollen, nicht, weil diese Lage unmittelbare Beziehung zur Polizei gehabt hätte, sondern weil deren Verordnungen schneller ergingen als die anderer Stellen; Genugtuung bei der Direktion jener Stelle zu suchen, als deren Bediensteter sich die Nase ausgegeben hatte, wäre unvernünftig gewesen, weil schon aus den eigenen Antworten der Nase ersichtlich wurde, daß diesem Menschen nichts heilig war, also würde er auch in diesem Falle lügen, wie er gelogen hatte, als er versicherte, ihn nie gesehen zu haben. Darum hatte Kovalëv schon befehlen wollen, zur Verwaltung für Wohlverhalten zu fahren, als ihm wiederum der Gedanke kam, daß dieser Spitzbube und Gauner, der schon bei der ersten Begegnung auf so gewissenlose Weise vorgegangen war, die Zeit nutzen und ganz bequem irgendwie aus der Stadt verschwinden könnte, – und dann wäre alle Suche vergeblich, oder sie könnte sich, was Gott verhindern möge, über einen Monat lang hinziehen. Schließlich schien der Himmel selbst ihn zur Vernunft zu bringen. Er beschloß, sich auf geradem Wege an die Zeitungsexpedition zu wenden und rechtzeitig eine Publikation mit der ausführlichen Beschreibung aller Eigenschaften aufzugeben, damit ein jeder, der der Nase begegnete, sie ihm zuführen oder ihn zumindest über ihren Aufenthaltsort in Kenntnis setzen möge. Also ließ er, nach diesem Beschluß, den Kutscher zur Zeitungsexpedition fahren und hörte die gesamte Strecke nicht auf, ihm die Faust in den Rücken zur rammen, immer mit den Worten: »schneller, Halunke! schneller, Gauner!« – »Ach, Herr!« sagte der Kutscher kopfschüttelnd und hieb mit den Zügeln ein auf sein

Pferd, das ein Fell hatte lang wie ein Bologneserhündchen. Schließlich hielt die Droschke an, und Kovalëv, außer Atem, stürzte in den kleinen Empfangsraum, wo ein grauhaariger Beamter, in altem Frack und Brille, am Tisch saß und, die Feder zwischen den Zähnen, das bei ihm eingezahlte Kupfergeld zählte.

»Wer nimmt hier Anzeigen entgegen?« rief Kovalëv. »Ah, guten Morgen!«

»Meine Verehrung«, – sagte der grauhaarige Beamte, der einen Moment lang die Augen hob und sie erneut auf die ausgelegten Geldhaufen senkte.

»Ich möchte etwas in die Zeitung einrücken…«

»Gestatten Sie. Ich bitte um etwas Geduld«, – stieß der Beamte hervor, während er mit der einen Hand eine Ziffer zu Papier brachte und mit den Fingern der linken Hand zwei Kugeln auf dem Rechenbrett verschob. Ein Lakai mit Tressen und einem Äußeren, das seinen Aufenthalt in einem aristokratischen Haus anzeigte, stand neben dem Tisch, einen Zettel in der Hand, und hielt es für schicklich, sein geselliges Wesen anzuzeigen: »Glauben Sie mir, gnä'err, dies Hundevieh ist keine acht Griven wert, d. h. ich würde keine acht Groschen dafür geben; aber die Gräfin liebt es, Gott ja, sie liebt es, – und darum kriegt, wer es findet, ganze einhundert Rubel! Schicklich gesagt, so wie jetzt wir unter uns, die Geschmäcker der Menschen sind verschieden: wenn du schon Liebhaber bist, dann halte dir einen Vorstehhund oder einen Pudel; dann laß dir fünfhundert nicht zu schade sein, gib meinetwegen tausend, aber dafür halte einen guten Hund.«

Der ehrenwerte Beamte hörte ihm mit bedeutsamer Miene zu und fuhr gleichzeitig mit seiner Berechnung fort: wieviele Buchstaben der mitgebrachte Zettel enthielt. Zu beiden Seiten stand eine Vielzahl alter Frauen, Handelsgehilfen und Hausknechte mit Zetteln. Auf dem einen wurde bedeutet, ein Kutscher von nüchterner Lebensweise sei für Dienste abzugeben, auf dem andern – eine kaum benutzte Kalesche, 1814 aus Paris eingeführt; dort war eine leibeigene Magd von 19 Jahren abzugeben, geübt im Waschen von Wäsche, tauglich aber auch zu anderen Arbeiten; eine stabile Reisedroschke ohne auch nur eine einzige Feder, ein junger heißblütiger Apfelschimmel im Alter von siebzehn Jahren, neue, aus London erhaltene Rüben und Radieschensamen, ein Landhaus mit allen Bequemlichkeiten: zwei Ständern für Pferde und einem Platz, auf dem man einen vorzüglichen Birken- oder Fichtenpark anlegen könne; da befand sich auch ein Aufruf an Leute, die alte Schuhsohlen zu kaufen wünschten, verbunden mit der Einladung, jeden Tag von 8 bis 13 Uhr morgens auf dem Trödelmarkt zu erscheinen. Das Zimmer, in dem diese ganze Gesellschaft Platz fand, war klein, und die Luft in ihm überaus schwer; aber Kollegienassessor Kovalëv konnte den Geruch nicht vernehmen, denn er verbarg sich hinter dem Schnupftuch, und seine eigene Nase befand sich Gott weiß an welchen Plätzen.

»Mein Herr, gestatten Sie eine Bitte... Ich muß dringend«, – sagte er schließlich voller Ungeduld.

– »Gleich, gleich! Zwei Rubel dreiundvierzig Kopeken! Sofort! Einen Rubel vierundsechzig Kopeken!« sprach der grauhaarige Herr und warf den alten Frauen und Hausknechten ihre Zettel in die Augen. »Sie wünschen?« sagte er schließlich, an Kovalëv gewandt.

»Ich bitte...« sagte Kovalëv: »ein Gaunerstück ist geschehen oder eine Spitzbüberei, ich kann es bis heute nicht begreifen. Ich bitte nur einzurücken, daß derjenige, der mir diesen Halunken zuführt, eine reichliche Belohnung erhält.«

»Gestatten Sie, darf ich Ihren Namen erfahren?«

»Nein, wozu denn den Namen? Ich darf ihn nicht sagen. Ich habe viele Bekannte: Frau Čechtareva, Staatsratswitwe, Palageja Grigorjevna Podtočina, Stabsoffizierswitwe... Plötzlich erfahren sie davon, nein, Gott bewahre! Sie können einfach schreiben: ein Kollegienassessor, oder noch besser, im Range eines Majors stehend.«

»Und der Entlaufene war Ihr Bedienter?

»Wieso Bedienter! Das wäre noch kein allzu großes Gaunerstück! Mir entlaufen ist... die Nase...«

»Hm! Sonderbarer Familienname! Und hat Ihnen dieser Herr Nasov eine große Summe entwendet?«

»Die Nase, das heißt... Sie denken etwas Falsches! Die Nase, meine eigene Nase ist abhanden gekommen, unbekannt wohin. Der Teufel wollte Scherz mit mir treiben!«

»Aber auf welche Weise ist sie denn abhanden gekommen? Ich kann da etwas nicht so recht begreifen.«

»Ich kann Ihnen auch nicht sagen, auf welche Weise; aber die Hauptsache ist, daß sie jetzt in der Stadt spazierenfährt und sich als Staatsrat ausgibt. Und deshalb bitte ich Sie, anzuzeigen, daß derjenige, der sie einfängt, sie mir unverzüglich binnen kürzester Frist zuführen möge. Urteilen Sie selbst, wie könnte ich ohne einen so bemerkenswerten Körperteil leben? das ist schließlich nicht irgend eine kleine Zehe am Fuß, den ich in den Stiefel stecke – und niemand sieht, daß sie nicht da ist. Ich verkehre donnerstags bei der Staatsratswitwe Čechtareva; und sie hat eine sehr hübsche Tochter, auch sehr gute Bekannte, und urteilen Sie selbst, wie mir jetzt ist... Jetzt kann ich nicht bei ihnen erscheinen.«

Der Beamte dachte nach, was die fest aufeinandergepreßten Lippen anzeigten.

»Nein, eine solche Anzeige kann ich nicht in die

Zeitungen einrücken« – sagte er schließlich, nach langem Schweigen.

»Wie? Warum nicht?«

»Darum. Die Zeitung könnte ihre Reputation verlieren. Wenn jeder zu schreiben anfinge, ihm sei die Nase entlaufen, dann… Man sagt ohnehin schon, man drucke zu viele Ungereimtheiten und falsche Gerüchte.«

»Aber was ist an dieser Sache denn ungereimt? Davon, scheint mir, kann keine Rede sein.«

»Das scheint Ihnen so. Aber sehen Sie, vorige Woche, da war so ein Fall. Da kam ein Beamter auf dieselbe Weise wie Sie jetzt, brachte einen Zettel mit, laut Rechnung hatte er 2 R. 73 K. zu zahlen, und die ganze Anzeige bestand darin, daß ihm ein Pudel mit schwarzem Fell entlaufen sei. Nichts Weltbewegendes, nicht wahr? Aber herauskam ein Pasquill: der schwarze Pudel war Kassierer, ich weiß nicht mehr in welcher Behörde.«

»Aber ich gebe doch keine Anzeige über einen Pudel auf, sondern über meine eigene Nase; also fast das gleiche wie über mich selbst.«

»Nein, eine solche Anzeige kann ich einfach nicht einrücken.«

»Und wenn meine Nase wirklich abhanden gekommen ist?«

»Wenn sie abhanden gekommen ist, so ist das ein

Fall für den Medikus. Man sagt, es gebe Leute, die jede beliebige Nase ansetzen könnten. Aber im übrigen bemerke ich, daß Sie ein Mensch von heiterem Gemüt sein müssen und in Gesellschaft gern Ihren Scherz treiben.«

»Ich schwöre Ihnen, so wahr mir Gott heilig ist! Bitte, wenn es schon soweit gekommen ist, dann zeige ich es Ihnen.«

»Wozu sich Umstände machen!« fuhr, Tabak schnupfend, der Beamte fort. »Übrigens, wenn es Ihnen keine Umstände macht«, – setzte er mit einer Bewegung der Neugierde hinzu: »so würde ich schon gern einen Blick darauf werfen.«

Der Kollegienassessor nahm das Schnupftuch vom Gesicht.

»Tatsächlich, außerordentlich sonderbar!« – sagte der Beamte: »eine völlig glatte Stelle, als wärs nur ein frisch gebackener Pfannkuchen. Ja, eine unglaublich ebene Stelle!«

»So, wollen Sie jetzt noch mit mir streiten? Sie sehen selber, es geht nicht, sie nicht einzurücken. Ich wäre Ihnen besonders dankbar und bin sehr froh, daß dieser Fall mir das Vergnügen beschert hat, Ihre Bekanntschaft zu machen...« Wie hieraus ersichtlich, hatte der Major beschlossen, es diesmal mit der Gaunertour zu versuchen.

»Sie einzurücken wäre natürlich keine große Sache«, sagte der Beamte: – »nur sehe ich darin für Sie keinerlei Vorteil. Wenn Sie schon wollen, so lassen Sie jemanden, der eine erfahrene Feder besitzt, dieses so seltene Werk der Natur beschreiben und in der ›Nordischen Biene‹ drucken (hier schnupfte er abermals Tabak) zum Nutzen für die Jugend (hier rieb er sich die Nase trocken) oder nur so, zur allgemeinen Unterhaltung.«

Der Kollegienassessor war jeglicher Hoffnung beraubt. Er ließ die Augen über die Zeitung nach unten schweifen, wo die Theateraufführungen angezeigt werden; schon war sein Gesicht zu einem Lächeln bereit, als ihm der Name einer hübschen Schauspielerin begegnete, und die Hand griff nach der Tasche: ob er eine blaue Assignate bei sich habe, denn Stabsoffiziere hatten, nach Meinung Kovalëvs, im Parkett zu sitzen, – doch der Gedanke an die Nase machte alles zunichte!

Selbst der Beamte, so schien es, war gerührt von Kovalëvs schwieriger Lage. Um seinen Kummer wenigstens irgendwie zu lindern, hielt er es für schicklich, seine Anteilnahme in einige Worte zu fassen: »Es bekümmert mich wirklich sehr, daß Ihnen eine solche Anekdote passiert ist. Möchten Sie nicht ein wenig Tabak schnupfen? Das vertreibt Kopfschmerzen und traurige Stimmungen; sogar gegen Hämorrhoiden ist es gut.« Mit diesen Worten reichte der Beamte dem

Kollegienassessor die Tabatiere, nachdem er recht geschickt den Deckel mit dem Portrait einer Dame mit Hütchen daruntergeschoben hatte.

Diese unbedachte Tat raubte Kovalëv die letzte Geduld. »Ich begreife nicht, wie Sie hier scherzen können«, sagte er wütend: »sehen Sie denn nicht, daß ich gerade das nicht habe, womit ich schnupfen könnte? Der Teufel hole Ihren Tabak! Ich kann jetzt keinen sehen, nicht nur Ihren miserablen Bereziner, sondern selbst, wenn Sie mir Rapé anböten.« Mit diesen Worten ging er, zutiefst verärgert, aus der Zeitungsexpedition und begab sich zum Revieraufseher, einem außerordentlichen Liebhaber von Zucker. In seinem Haus war die gesamte Diele, die zugleich das Eßzimmer war, vollgestellt mit Zuckerhüten, die ihm aus Freundschaft die Kaufleute gebracht hatten. Die Köchin zog dem Revieraufseher gerade die staatlichen Kanonenstiefel aus; der Degen und alle Kriegsausrüstung hingen bereits friedlich aufgehängt in den Ecken, und den furchterregenden Dreispitz hielt bereits sein dreijähriges Söhnchen in der Hand, er selbst bereitete sich, nach dem kriegerischen Kampfesleben, darauf vor, die Freuden des Friedens zu genießen.

Kovalëv trat bei ihm ein, als er sich gerade streckte, krächzte und sagte: »Ach, jetzt werde ich zwei Stunden herrlich schlafen!« Und darum war vorherzusehen, daß der Kollegienassessor ganz und gar zur Unzeit gekommen war. Und ich weiß nicht, selbst wenn er in diesem Augenblick einige Pfund Tee oder Tuch gebracht hätte, er wäre auch dann nicht allzu bereitwillig aufgenommen worden. Der Revieraufseher war ein großer Förderer aller Künste und Erzeugnisse der Manufakturen; allem andern aber zog er die staatliche Assignate vor. »Das ist eine Sache«, sagte er gewöhnlich: »es gibt keine bessere Sache: sie verlangt nichts zu essen, nimmt wenig Platz ein, paßt in jede Tasche, und läßt du sie fallen, geht sie nicht entzwei.«

Der Revieraufseher nahm Kovalëv spröde auf und sagte, nach dem Essen sei nicht die Zeit, eine Untersuchung durchzuführen, die Natur selbst habe es so eingerichtet, daß der Mensch nach dem Essen ein wenig ruhen solle (woraus der Kollegienassessor ersehen konnte, daß dem Revieraufseher die Aussprüche der antiken Weisen nicht unbekannt waren), einem ordentlichen Menschen reiße niemand die Nase ab, und es gebe auf der Welt allerhand Majore, die nicht einmal ihr Unterzeug in schicklichem Zustand hielten und die sich an allen möglichen unanständigen Plätzen herumtrieben.

Das heißt – nicht in die Braue, sondern mitten ins Auge! Dazu muß man bemerken, daß Kovalëv ein außerordentlich leicht zu beleidigender Mensch war. Er konnte alles vergeben, was man über ihn selbst sagen mochte, entschuldigte aber nie etwas, das sich auf Rang oder Titel bezog. Er war sogar der Meinung, in Theaterstücken könne man alles durchgehen lassen, was sich auf untere Offiziersränge bezog, aber Stabsoffiziere dürfe man auf gar keinen Fall angreifen. Die Aufnahme durch den Revieraufseher machte ihn in einer Weise verlegen, daß er den Kopf schüttelte und im Gefühl der eigenen Würde sagte, die Arme ein wenig ausgebreitet: »Ich gebe zu, diesen beleidigenden Bemerkungen Ihrerseits habe ich nichts hinzuzusetzen...« und ging hinaus.

Er kam nach Hause, kaum mehr die Füße unter sich vernehmend. Es dämmerte bereits. Traurig und überaus widerwärtig erschien ihm die Wohnung nach all der erfolglosen Suche. Als er den Flur betrat, sah er auf dem bekleckerten Lederdivan seinen Lakaien Ivan, der, auf dem Rücken liegend, an die Zimmerdecke spuckte und recht erfolgreich immer eine und dieselbe Stelle traf. Diese Gleichgültigkeit machte ihn rasend; er versetzte ihm mit dem Hut einen Schlag auf die Stirn und sagte: »du Schwein machst immer nur Dummheiten!«

Ivan sprang urplötzlich auf und stürzte, was die Füße hielten, auf ihn zu, ihm den Umhang abzunehmen.

Als er sein Zimmer betrat, stürzte der Major, müde und traurig, in einen Sessel und sagte schließlich, nach einigen Seufzern:

»Mein Gott! mein Gott! wofür strafst du mich mit solch einem Unglück? Hätte ich eine Hand oder einen Fuß weniger – alles wäre besser; hätte ich keine Ohren – wäre es miserabel, aber dennoch erträglicher; aber ohne Nase ist der Mensch – der Teufel weiß was: kein Vogel, kein Bürger; ein Etwas, das du nehmen und einfach zum Fenster hinausschleudern kannst! Und wenn man sie mir im Krieg abgeschlagen hätte oder im Duell, oder wenn ich selbst der Grund gewesen wäre; aber sie ist doch für nichts und wieder nichts abhandengekommen, umsonst abhandengekommen, für nicht einen Groschen! ... Nur, nein, das kann nicht sein«, setzte er nach einigem Nachdenken hinzu. »Es ist unwahrscheinlich, daß einem die Nase abhandenkommt; unwahrscheinlich in jeder Beziehung. Mir träumt das entweder, oder ich phantasiere; vielleicht habe ich versehentlich statt Wasser den Wodka getrunken, mit dem ich mir nach dem Rasieren das Kinn einreibe. Ivan der Dummkopf hat ihn nicht weggeräumt, und ich hab ihn einfach hinuntergestürzt.« – Um sich zu vergewissern, daß er nicht betrunken sei, zwickte der Major sich so schmerzhaft, daß er selber aufschrie. Dieser Schmerz versicherte ihn völlig, daß er im Wachzustand handle und lebe. Vorsichtig näherte er sich dem Spiegel, nachdem er zuvor die Augen zusammengekniffen hatte im Gedanken, die Nase zeige sich womöglich doch an ihrem Platz; doch im selben Augenblick sprang er zurück mit den Worten: »Was für ein pasquillöser Anblick!«

Es war wirklich unbegreiflich. Wäre ein Knopf abhanden gekommen, ein Silberlöffel, die Uhr oder etwas Ähnliches; – aber einfach abhandenkommen, und wem abhandenkommen? dazu noch in der eigenen Wohnung! ... Major Kovalëv, der alle Umstände in Betracht zog, vermutete, der Wahrheit käme wohl am nächsten, daß niemand anderer an allem schuld sein müsse als die Stabsoffizierswitwe Podtočina, die wünschte, daß er ihre Tochter heirate. Er machte ihr ja gern die Cour, vermied jedoch jede endgültige Entscheidung. Als ihm die Stabsoffizierswitwe ins Gesicht gesagt hatte, sie wünsche, sie an ihn zu verheiraten, zog er sich mit seinen Komplimenten zurück, indem er sagte, er sei noch zu jung, er müsse noch fünf Jahre Dienst tun, um genau zweiundvierzig Jahre alt zu werden. Und darum hatte die Stabsoffizierswitwe, aus Rachegefühlen, beschlossen, ihn zu verunstalten, und dazu irgendwelche Hexenweiber engagiert, denn keineswegs war anzunehmen, die Nase sei ihm abgeschnitten worden: niemand hatte sein Zimmer betreten; der Barbier Ivan Jakovlevič hatte ihn am Mittwoch rasiert, und im Verlauf des ganzen Mittwochs und sogar des ganzen Donnerstags war seine Nase heil und unversehrt gewesen, – das erinnerte er und wußte er sehr wohl; zudem hätte er Schmerzen verspüren müssen, und zweifelsohne hätte die Wunde nicht so bald verheilen und glatt werden können wie ein Pfannkuchen. Er schmiedete Pläne im Kopf: sollte er die Stabsoffizierswitwe formell vor Gericht bringen oder selbst bei ihr erscheinen und sie bloßstellen? Seine Überlegungen wurden unterbrochen von dem Licht, das durch sämtliche Türritzen drang und anzeigte, daß Ivan im Flur die Kerze angezündet hatte. Bald erschien auch Ivan selbst, der sie vor sich hertrug und grell mit ihr das ganze Zimmer erleuchtete. Kovalëvs erste Bewegung war, nach dem Schnupftuch zu greifen und die Stelle zu bedecken, an der gestern noch die Nase gesessen hatte, damit dieser tatsächlich tumbe Mensch nicht das Maul aufriß, wenn er bei seinem Herrn eine solche Absonderlichkeit bemerkte.

Noch war Ivan nicht in seine Höhle gegangen, als im Flur eine unbekannte Stimme hervorstieß: »Wohnt hier der Kollegienassessor Kovalëv?«

– »Treten Sie ein. Major Kovalëv ist zu Hause«, – sagte Kovalëv, der eilig aufsprang und die Tür öffnete.

Eintrat ein Polizeibeamter von hübschem Äußeren,

mit weder allzu hellem nach allzu dunklem Backenbart, recht vollen Wangen, eben jener, der zu Beginn der Novelle am Ende der Isaaks-Brücke gestanden hatte.

»Sie beliebten Ihre Nase zu verlieren?«

»Ja, wirklich.«

»Sie ist jetzt gefunden worden.«

»Was sagen Sie?« schrie Major Kovalëv auf. Die Freude benahm ihm die Sprache. Er blickte mit großen Augen auf den vor ihm stehenden Quartieraufseher, auf dessen vollen Lippen und Wangen grell das flackernde Licht der Kerze zuckte. »Und auf welche Weise?«

»Durch einen sonderbaren Zufall: sie wurde gefaßt, als sie beinahe schon unterwegs war. Sie saß bereits in der Diligence nach Riga, und der Paß war seit langem auf den Namen eines Beamten ausgestellt. Und sonderbar, ich selbst hatte sie zuerst für einen Herrn genommen. Aber zum Glück hatte ich die Brille dabei, und da sah ich sofort, daß er eine Nase war. Ich bin nämlich kurzsichtig, und wenn Sie sich vor mich stellen, sehe ich nur, daß Sie ein Gesicht haben, aber weder Nase noch Bart, nichts bemerke ich. Meine Schwiegermutter, das heißt, die Mutter meiner Frau, sieht ebenfalls nichts.«

Kovalëv war außer sich. »Und wo ist sie? Wo? Ich laufe sofort zu ihr.«

»Nur die Ruhe. Wohl wissend, daß Sie sie brauchen, habe ich sie Ihnen mitgebracht. Und sonderbar, der Hauptbeteiligte ist in dieser Sache der Gauner von Barbier aus der Voznesenskaja, der jetzt im Loch sitzt. Ich hatte ihn längst im Verdacht, ein Trunkenbold und Dieb zu sein, und noch vorgestern hat er in einem Laden eine Garnitur Knöpfe geklaut. Ihre Nase ist heil, wie sie war.« – Damit griff der Revieraufseher in die Tasche und holte von dort, in Papier eingewickelt, die Nase hervor.

»Ja, sie ist es!« schrie Kovalëv auf; »sie ist es wirklich! Trinken Sie heute ein Täßchen Tee mit mir.«

»Das hielte ich für eine große Annehmlichkeit, annehmen kann ich es aber auf gar keinen Fall: ich muß von hier ins Zuchthaus... groß ist derzeit die Teuerung auf alle Lebensmittel... Bei mir zu Hause lebt die Schwiegermutter, das heißt, die Mutter meiner Frau, leben die Kinder; besonders der Älteste gibt Anlaß zu großen Hoffnungen: ein sehr kluger Junge, aber Mittel zu seiner Erziehung sind nicht die geringsten vorhanden.«

Kovalëv hatte eine Ahnung, griff eine rote Assignate vom Tisch und steckte sie dem Aufseher in die Hand, der mit einem Kratzfuß zur Tür ging, und beinahe im selben Augenblick hörte Kovalëv seine Stimme auf der Straße, wo er einem dummen Bauern eine Ermahnung hinter die Ohren erteilte, der mit seiner Telega geraden Wegs auf den Boulevard gefahren war.

Der Kollegienassessor verblieb nach dem Weggang des Quartieraufsehers in einer Art unbestimmten Zustands und erlangte erst einige Minuten später die Möglichkeit wieder, zu sehen und zu fühlen: in eine solche Benommenheit hatte ihn die unverhoffte Freude gestürzt. Er nahm die wiedergefundene Nase behutsam in beide Hände, die er zu einer Schale fügte, und betrachtete sie noch einmal aufmerksam.

»Ja, sie ist es, sie ist es wirklich!« sagte Major Kovalëv. »Hier auf der linken Seite ist auch die Pustel, die es mir am gestrigen Tage getrieben hat.« Der Major hätte vor Freude beinahe laut aufgelacht.

Doch nichts auf der Welt ist von Dauer, und darum ist auch die Freude in der Minute, die auf die erste folgt, nicht mehr so lebhaft; in der dritten Minute wird sie noch schwächer, und schließlich verfließt sie unmerklich mit dem gewohnten Seelenzustand, wie auf dem Wasser der Kreis, geboren aus dem Fallen des Steinchens, schließlich mit der glatten Oberfläche verfließt. Kovalëv begann zu überlegen und kapierte, daß die Sache noch nicht zu Ende war; die Nase war wiedergefunden, aber jetzt mußte sie angesetzt, an ihrem Platz angebracht werden.

»Und was, wenn sie nicht wieder anzusetzen ist?«

Bei dieser sich selbst gestellten Frage erbleichte der Major.

Mit einem Gefühl unaussprechlicher Angst stürzte er zum Tisch, rückte den Spiegel heran, um die Nase nicht irgendwie schief anzusetzen. Vorsichtig, behutsam hielt er sie an ihren früheren Platz. O Entsetzen! Die Nase wollte nicht haften! ... Er führte sie zum Mund, erwärmte sie leicht mit seinem Atem und hielt sie wieder an die glatte Stelle, die sich zwischen den beiden Wangen befand; aber die Nase wollte und wollte nicht halten.

»Na! mach schon! halt fest, Dummkopf!« sagte er zu ihr. Aber die Nase war wie aus Holz und fiel mit einem so sonderbaren Klang auf den Tisch, wie ein Korken. Das Gesicht des Majors verzerrte sich krampfhaft. »Ob sie nicht wieder anwächst?« sagte er erschrocken. Aber sooft er sie an ihren angestammten Platz hielt, sein Bemühen war erfolglos wie zuvor.

Er rief Ivan und schickte ihn zum Doktor, der im selben Haus die beste Wohnung in der Beletage einnahm. Dieser Doktor war ein stattlicher Mann, besaß einen schönen, wie Harz glänzenden Backenbart, eine frische, gesunde Doktorsfrau, aß morgens frische Äpfel und hielt seinen Mund in ungewöhnlicher Reinlichkeit, indem er ihn jeden Morgen beinahe drei Viertelstunden spülte und die Zähne mit fünf verschiedenen Arten von Bürstchen schliff. Der Doktor erschien augenblicklich. Nach der Frage, wie lange das Unglück zurückliege, hob er den Major Kovalëv am Kinn an und versetzte ihm mit dem Daumen einen Stüber an genau die Stelle, wo früher die Nase gesessen hatte, worauf der Major den Kopf so heftig zurückwerfen mußte, daß er mit dem Hinterkopf gegen die Wand prallte. Der Medikus sagte, das mache nichts, und ließ ihn, nachdem er ihm geraten hatte, ein wenig von der Wand abzurücken, den Kopf zuerst auf die rechte Seite neigen, befühlte die Stelle, an der die Nase gesessen hatte, und sagte: »Hm!« Dann ließ er ihn den Kopf auf die linke Seite neigen und sagte: »Hm!« Er versetzte ihm mit dem Daumen wieder einen Stüber, so daß Major Kovalëv den Kopf zurückwarf wie ein Gaul, dem man in die Zähne schaut. Nach dieser Probe schüttelte der Medikus den Kopf und sagte: »Nein, es geht nicht. Bleiben Sie lieber wie Sie sind, denn man könnte es noch schlimmer machen. Natürlich kann man sie ansetzen; ich würde sie Ihnen auch sofort ansetzen; aber ich versichere Sie, es wird für Sie nur schlimmer.«

»Na sehr schön! und wie soll ich ohne Nase bleiben?« sagte Kovalëv. »Schlimmer als jetzt kann es doch gar nicht sein. Das ist einfach der Teufel weiß was! Wo kann ich mich mit diesem pasquillösen Äußeren noch zeigen? Ich habe gute Bekanntschaft: noch heute muß ich zur Soirée in zwei Häusern. Ich bin mit vielen bekannt: mit der Staatsratswitwe Čechtareva, der Podtočina, Stabsoffizierswitwe... obgleich ich mit ihr, nach ihrer jetzigen Tat, nurmehr über die Polizei verkehre. Haben Sie die Güte«, stieß Kovalëv mit flehentlicher Stimme hervor: »gibt es nicht doch ein Mittel? Setzen Sie sie irgendwie an, es muß ja nicht schön sein, wenn sie nur hält; in gefährlichen Fällen kann ich sie auch mit der Hand abstützen. Zumal, da ich nicht tanze, so daß ich sie durch unvorsichtige Bewegungen nicht beschädigen kann. Alles, was sich auf die Rechnung meiner Dankbarkeit für Ihre Visite bezieht, seien Sie versichert, soweit es meine Mittel gestatten...«

»Glauben Sie mir«, sagte der Doktor mit weder lauter noch tiefer, sondern mit zuvorkommender und magnetischer Stimme: »ich behandle nie aus Eigennutz. Das ist gegen meine Regeln und gegen meine Kunst. Ich nehme zwar etwas für meine Visiten, aber einzig darum, um niemanden durch meine Ablehnung zu beleidigen. Natürlich könnte ich Ihnen die Nase wieder ansetzen, aber ich versichere Sie bei meiner Ehre, wenn Sie schon meinem Wort nicht glauben, daß es bei weitem schlimmer wird. Überlassen Sie es lieber den Wirkungskräften der Natur. Waschen Sie sich so oft wie möglich mit kaltem Wasser, und ich versichere Sie, daß Sie ohne Nase genauso gesund sein werden, als wenn sie eine hätten. Und die Nase rate ich Ihnen in ein Glas mit Spiritus zu legen oder, besser noch, Sie gießen zwei Eßlöffel scharfen Wodka und angewärmten Essig dazu, – dann können Sie ordentlich Geld dafür nehmen. Ich nähme sie sogar selber, wenn Sie sie nur nicht zu teuer verkaufen.«

»Nein, nein! ich verkaufe sie um keinen Preis!« schrie der verzweifelte Major Kovalëv auf: »dann soll sie lieber zum Teufel gehn!«

»Entschuldigen Sie!« sagte der Doktor mit einer Verbeugung, »ich wollte Ihnen von Nutzen sein… Aber was will man machen! Zumindest haben Sie mein Bemühen gesehen.« Mit diesen Worten verließ der Doktor in vornehmer Haltung das Zimmer. Kovalëv hatte nicht einmal auf sein Gesicht geachtet und sah in tiefer Teilnahmslosigkeit nur die aus den Ärmeln des schwarzen Fracks ragenden Manschetten seines reinlichen und schneeweißen Hemds.

Noch am andern Tag beschloß er, vor Einreichung der Klage, an die Stabsoffizierswitwe zu schreiben, ob sie nicht einwilligen wolle, ihm kampflos das zurückzugeben, was ihm gehöre. Der Brief war diesen Inhalts:

Gnädige Frau,
Aleksandra Grigorjevna!

Ich kann das sonderbare Handeln Ihrerseits nicht begreifen. Seien Sie versichert, daß Sie, bei dieser Vorgehensweise, nichts gewinnen werden und Sie mich nicht zwingen können, Ihre Tochter zu heiraten. Glauben Sie mir, daß mir die Geschichte betreffs meiner Nase durchaus bekannt ist, ebenso, daß Sie die Hauptbeteiligte sind und niemand sonst. Ihre plötzliche Abtrennung von ihrem Platz, ihre Flucht und Maskierung, bald in Gestalt eines Beamten, bald schließlich in eigener Gestalt, ist nichts anderes als die Folge von Hexereien, durchgeführt von Ihnen oder denjenigen, welche sich in Ihnen ähnlichen vornehmen Tätigkeiten üben. Ich meinerseits halte es für meine Pflicht, Sie davon in Kenntnis zu setzen, daß ich, sollte die von mir erwähnte Nase nicht noch heute an ihrem Platze sein, gezwungen sein werde, bei Schutz und Schirm der Gesetze Zuflucht zu nehmen.

Im übrigen habe ich mit vorzüglicher Hochachtung für Sie die Ehre zu sein

Ihr ergebener Diener
Platon Kovalëv.

Gnädiger Herr,
Platon Kuzmič!

Ihr Brief hat mich außerordentlich verwundert. Ich gebe in aller Offenheit zu, das hätte ich nie erwartet, um so weniger betreffs der ungerechten Vorwürfe Ihrerseits. Ich setze Sie davon in Kenntnis, daß ich den Beamten, den Sie erwähnen, nie in meinem Hause aufgenommen habe, weder maskiert, noch in wahrer Gestalt. Allerdings bei mir verkehrt hat Filipp Ivanovič Potančikov. Und obwohl er tatsächlich um die Hand meiner Tochter angehalten hat und selbst von guter, nüchterner Lebensweise ist und großer Gelehrsamkeit; aber ich habe ihm nie irgendeine Hoffnung gemacht. Noch erwähnen Sie eine Nase. Wenn Sie hierunter verstehen, ich wollte Ihnen eine Nase drehen, das heißt, Ihnen eine formelle Absage erteilen, so verwundert mich, daß Sie selbst davon sprechen, wohingegen ich, soweit Ihnen bekannt ist, völlig gegenteiliger Meinung war, und wenn Sie jetzt auf gesetzliche Weise um meine Tochter anhalten wollten, so bin ich sofort bereit, Ihnen Genugtuung zu geben, denn dies war immer der Gegenstand meines lebhaftesten Wünschens, in der Hoffnung worauf ich verbleibe, stets zu Ihren Diensten bereit

Aleksandra Podtočina.

»Nein«, sprach Kovalëv, nachdem er den Brief gelesen hatte. »Sie ist wirklich unschuldig. Das kann nicht sein! Der Brief ist geschrieben, wie ihn kein Mensch schreiben könnte, der eines Verbrechens schuldig ist.« Der Kollegienassessor war darin bewandert, denn man hatte ihn noch im Kaukasus mehrfach zu gerichtlichen Untersuchungen entsandt. »Aber auf welche Weise, wie nur hat sich das ereignen können? Das findet nur der Teufel heraus!« sagte er schließlich und ließ die Hände sinken.

Unterdessen hatten sich Gerüchte über die ungewöhnliche Begebenheit in der ganzen Hauptstadt verbreitet, wie üblich, nicht ohne besondere Hinzuerfindungen. Damals waren die Geister aller namentlich auf Außerordentliches gestimmt: erst vor kurzem hatten die Experimente mit der Wirkung des Magnetismus die ganze Stadt beschäftigt. Zudem war die Geschichte mit den tanzenden Stühlen in der Konjušennaja noch ganz frisch in Erinnerung, und darum nimmt es nicht wunder, daß man bald davon sprach, die Nase des Kollegienassessors Kovalëv pflege pünktlich um 5 Uhr auf dem Nevskij-Prospekt zu flanieren. Jeden Tag lief eine Vielzahl Neugieriger zusammen. Jemand hatte gesagt, die Nase befinde sich im Junkerschen Geschäft: und vor Junker sammelte sich eine solche Menschenmenge, entstand ein solches Gedränge, daß sogar die Polizei einschreiten mußte. Ein Spekulator von ehrenwertem Äußeren, mit Backenbart, der am Eingang zum Theater trockene Konditorpastetchen verkaufte, hatte eigens hierfür schöne, stabile Holzbänke angefertigt, auf denen er die Neugierigen einlud, für 80 Kopeken pro Besucher Platz zu nehmen. Ein verdienter Obrist ging eigens hierzu früher aus dem Haus und zwängte sich mit großer Mühe durch die Menge; doch zu seinem großen Unmut sah er im Fenster des Geschäfts statt der Nase ein gewöhnliches wollenes Kamisol und ein lithographiertes Bildchen mit der Darstellung eines jungen Mädchens, das sich den Strumpf glattzog, und eines sie hinter einem Baum beobachtenden Stutzers in offener Weste und mit kleinem Bärtchen, – ein Bildchen, das schon über zehn Jahre an demselben Platz hing. Im Weggchen sagte er verärgert: »wie kann man nur mit solch dummen und unwahrscheinlichen Gerüchten das Volk aufwiegeln?« – Danach ging das Gerücht, nicht auf dem Nevskij-Prospekt, sondern im Taurischen Garten flaniere die Nase Major Kovalëvs, sie sei dort schon seit langem; schon Chozrev Mirza, als er dort noch lebte, habe sich sehr gewundert über das sonderbare Spiel der Natur. Einige Studenten der Chirurgischen Akademie begaben sich dorthin. Eine stattliche, ehrenwerte Dame bat den Aufseher des Gartens in einem gesonderten Brief, dieses seltene Phänomen ihren Kindern zu zeigen, wenn möglich mit einer belehrenden und erbaulichen Erklärung für die Jugend.

Von der ganzen Begebenheit außerordentlich erfreut waren alle weltläufigen Herren, die unvermeidlichen Besucher großer Abendgesellschaften, die es so lieben, die Damen zu erheitern, und deren Vorrat damals völlig erschöpft war. Ein kleiner Teil der ehrenwerten und wohlgesonnenen Menschen war äußerst unzufrieden. Ein Herr pflegte voller Unmut zu sagen, er begreife nicht, wie in unserem aufgeklärten Jahrhundert solch törichte Erfindungen sich verbreiten könnten, und er müsse sich doch sehr wundern, daß die Regierung all dem keine Aufmerksamkeit schenke. Dieser Herr gehörte, wie man sieht, zur Zahl jener Herrschaften, welche die Regierung am liebsten in alles verwickeln wollen, selbst in ihre täglichen Streitereien mit der Ehefrau. In Folge dessen… Doch hier hüllt sich die ganze Begebenheit erneut in Nebel, und über das, was danach war, ist entschieden nichts bekannt.

III.

Der bare Unsinn geschieht auf der Welt. Manchmal ohne jede Wahrscheinlichkeit: plötzlich fand sich eben jene Nase, die im Rang eines Staatsrats spazierengefahren war und die in der Stadt so großes Aufsehen erregt hatte, so als sei nichts gewesen, wieder an ihrem Platz, das heißt genau zwischen den beiden Wangen des Majors Kovalëv. Dies ereignete sich bereits am 7. April. Erwacht und versehentlich in den Spiegel blickend, sieht er: die Nase! grabscht mit der Hand – es ist wirklich die Nase! »Hehe!« sagte Kovalëv, und er hätte um ein Haar im ganzen Zimmer barfuß Tropak getanzt, aber der eingetretene Ivan verhinderte dies. Er befahl ihm, sofort das Waschzeug zu bringen, und blickte, während er sich wusch, nochmals in den Spiegel: die Nase. Während er sich mit dem Handtuch trockenrieb, blickte er abermals in den Spiegel: die Nase!

»Schau doch mal, Ivan, ich glaube, ich habe hier auf der Nase eine Pustel«, sagte er und dachte unterdessen: »Schlimm wäre, wenn Ivan sagte: aber nein, gnä'err, da ist nicht nur keine Pustel, da ist überhaupt keine Nase!«

Aber Ivan sagte: »da ist keine Pustel, die Nase ist rein!«

»Gut, hols der Teufel!« sagte der Major zu sich selbst

und schnalzte mit den Fingern. In diesem Moment blickte der Barbier Ivan Jakovlevič zur Tür herein; aber so ängstlich wie eine Katze, die soeben wegen Diebstahls von Speck verdroschen worden ist.

»Sag zuerst: sind deine Hände rein?« rief Kovalëv ihm schon von weitem zu.

»Sind sie.«

»Du lügst!«

»Bei Gott, sie sinds, gnä'err!«

»Na dann, sieh dich vor.«

Kovalëv setzte sich. Ivan Jakovlevič bedeckte ihn mit einer Serviette und verwandelte mit Hilfe des Pinselchens sein ganzes Kinn und Teile der Wange in Crème, wie man sie auf Namenstagsfeiern bei Kaufleuten reicht. »Sieh an!« sagte Ivan Jakovlevič zu sich selbst, die Nase betrachtend, neigte dann den Kopf auf die andere Seite und schaute sie seitlich an: »Da ist sie! wenn ich nur dran denke«, fuhr er fort und betrachtete lange die Nase. Schließlich hob er leicht, mit einer Behutsamkeit, wie man sie sich nur vorstellen kann, zwei Finger zu dem Zweck, sie an der Spitze einzufangen. Das gehörte nun einmal zu Ivan Jakovlevičs System.

»Na, na, na, sieh dich vor!« schrie Kovalëv. Ivan Jakovlevič ließ sogar die Hände sinken, erstarrte und war verwirrt, wie er noch nie verwirrt gewesen war. Schließlich begann er vorsichtig, ihn mit dem Rasiermesser unter dem Kinn zu kitzeln, und ob es gleich unbequem und schwierig für ihn war, ohne Halt an dem Riechorgan zu rasieren, gelang es ihm schließlich, indem er den rauhen Daumen irgendwie gegen Wange und Unterkiefer stützte, schließlich alle Hindernisse zu überwinden und ihn glattzurasieren.

Als alles fertig war, hatte Kovalëv es eilig sich anzukleiden, nahm eine Droschke und fuhr geraden Wegs zur Konditorei. Schon im Eintreten rief er von weitem: »Junge, eine Tasse Schokolade!«, und selbst sofort vor den Spiegel: die Nase war da. Heiter kehrte er zurück und schaute mit satirischem Blick, die Augen leicht zusammengekniffen, auf zwei Offiziere, deren einer eine Nase hatte nicht größer als ein Westenknopf. Danach begab er sich in die Kanzlei des Departements, wo er sich um die Stelle eines Vizegouverneurs bemühte oder, im Falle des Mißerfolgs, um die eines Exekutors. Während er das Empfangszimmer durchmaß, blickte er in den Spiegel: die Nase war da. Dann fuhr er zu einem anderen Kollegienassessor oder Major, einem großen Spötter, dem er als Antwort auf dessen verschiedene spitze Bemerkungen zu sagen pflegte: »ach du, dich Nadelkissen kenne ich!« Unterwegs dachte er: »wenn auch der Major nicht vor Lachen platzt, wenn er mich sieht, ist das ein sicheres Zeichen, daß alles, was es auch sei, an seinem Platze sitzt.« Aber der Kollegienassessor – nichts. »Das ist gut, das ist gut, hols der Teufel!« dachte Kovalëv bei sich. Unterwegs begegnete er der Stabsoffizierswitwe in Begleitung ihrer Tochter, verbeugte sich und wurde mit freudigen Ausrufen begrüßt, es war also nichts, ein Verlust war ihm nicht anzumerken. Er unterhielt sich mit ihnen sehr lange, zog absichtlich die Tabatiere, stopfte sich äußerst lange die Nase an beiden Auffahrten und sagte bei sich: »da habt ihrs, Weibersleut, Hühnervolk! aber das Töchterlein heirate ich trotzdem nicht. Nur so, par amour – bitte sehr!« Und seitdem flanierte Major Kovalëv, so als sei nichts gewesen, auf dem Nevskij-Prospekt, ging ins Theater, überallhin. Und auch die Nase, so als sei nichts gewesen, saß in seinem Gesicht, sie erweckte nicht einmal den Anschein, als hätte sie sich je von ihm getrennt. Und seitdem sah man Major Kovalëv ewig gut gelaunt, sah ihn lächeln, entschieden alle hübschen Damen verfolgen und einmal sogar vor einem kleinen Laden im Gostinyj Dvor stehenbleiben und irgendein Ordensband kaufen, unbekannt aus welchen Gründen, denn er war nicht Ritter irgendeines Ordens.

Das also ist die Geschichte, die sich in der nördlichen Hauptstadt unseres ausgedehnten Reiches ereignet hat! Erst jetzt, da wir alles überblicken, sehen wir, daß sie vieles Unwahrscheinliche enthält. Davon zu schweigen, daß die Abtrennung einer Nase und ihr Erscheinen in Gestalt eines Staatsrats in der Tat sonderbar ist, – wie konnte Kovalëv nicht kapieren, daß man in einer Zeitungsexpedition keine Anzeige über eine Nase aufgeben kann? Ich meine das nicht in dem Sinne, daß man für eine Anzeige teures Geld zu bezahlen hätte: das ist eine Lappalie, und ich gehöre nicht zur Zahl der eigennützigen Menschen. Sondern es ist unschicklich, unanständig, ungut! Und dann wieder – wie fand sich die Nase im gebackenen Brot, und wie konnte Ivan Jakovlevič selbst?... nein, ich begreife es nicht, ich kanns entschieden nicht begreifen! Aber was noch sonderbarer, was noch unbegreiflicher ist als alles: wie können Autoren derartige Sujets wählen. Ich gebe zu, das ist schon völlig unfaßlich, das ist wirklich... nein, nein, ich begreife es nicht! Erstens bringt es dem Vaterland keinerlei Nutzen; zweitens... aber auch zweitens bringt es keinen Nutzen. Ich weiß einfach nicht, was das soll...

Und doch, obwohl man, bei alledem, natürlich, sowohl das eine zulassen kann, als auch das andere, sogar ein Drittes, man könnte sogar... aber wo kämen keine Ungereimtheiten vor? – Und dennoch, wenn man es sich genau überlegt, so ist an alledem etwas dran. Man sage, was man will, solche Begebenheiten kommen vor auf der Welt; selten, aber sie kommen vor.

Anhang

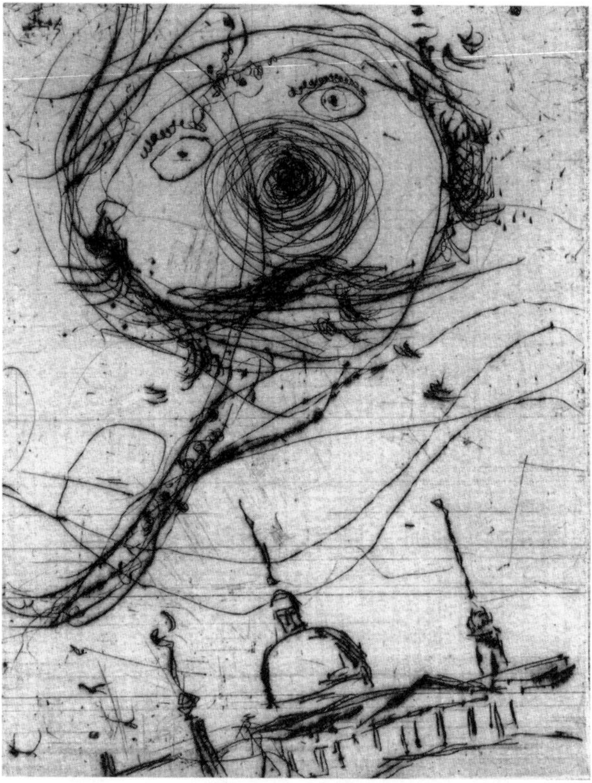

Der erste Entwurf der Novelle datiert auf Ende des Jahres 1832.

Die erste ausgearbeitete Fassung entstand 1833 oder Anfang des Jahres 1834; vollständig ist diese Version noch nicht, denn vom März 1835 ist ein einzelnes Blatt überliefert mit dem Satz:

»Er steckte den Finger hinein [in das Brot] und zog eine recht kräftige, man kann nicht sagen höckerige, man kann aber auch nicht sagen aufgestülpte menschliche Nase heraus und versetzte ihr einen Stüber.«

Diese erste Version schickte Gogol am 18. März 1835 nach Moskau, wo seine Freunde, der Literaturhistoriker M. P. Pogodin und der Kritiker S. P. Ševyrëv, die Zeitschrift *Moskovskij nabljudatel* [Der Moskauer Beobachter] herausgaben; in dieser Zeitschrift erschien *Die Nase* nicht, sondern wurde abgelehnt – wie Belinskij in seiner Polemik mit Ševyrëv 1842 enthüllte – aufgrund ihrer »Banalität und Trivialität«.

Gogol bat Pogodin mehrmals brieflich, ihm die Novelle zurückzuschicken, am dringlichsten in seinem Brief vom 18 Jenner 1836: »Und sei so gut, schick mir meine ›Nase‹. Ich brauche sie jetzt dringend. Ich will sie ein wenig umarbeiten und in einer kleinen Sammlung unterbringen, die ich gerade vorbereite.«

In Wirklichkeit bereitete Gogol keine »kleine Sammlung« vor, sondern beabsichtigte, seine Novelle Aleksandr Puškin für dessen in Vorbereitung befindliche erste Ausgabe der Zeitschrift *Sovremennik* [Der Zeitgenosse] zu geben. Sie erschien dort erst in Buch III, September 1836, mit den von der Zensur verlangten Änderungen [die Begegnung Kovalëvs mit seiner Nase in der Uniform eines Staatsrats war aus der Kazanschen Kathedrale ins Kaufhaus Gostinyj Dvor verlegt worden] sowie mit einem von der endgültigen Fassung abweichenden Schluß.

Definitiv bearbeitete Gogol die Novelle nochmals 1842 im Zusammenhang mit der ersten Werkausgabe. Erst 1842 fügte Gogol der Novelle ein III. Kapitel hinzu, in dem er den parodistischen Ton auf den Stil der ›vaterländischen‹ Kritiker verschärfte und in dem auch der Barbier Ivan Jakovlevič seinen zweiten Auftritt erhielt.

Nach 1918 stellten die russischen Gogol-Herausgeber aufgrund des Manuskripts die von der Zensur geänderten Stellen nach der Urschrift wieder her; so auch in der Akademie-Ausgabe N. V. Gogol, *Polnoe sobranie sočinenij*, 14 Bände, Band 3, Leningrad 1938, nach der übersetzt wurde.

Erster Entwurf

Am 23-ten des Jahres 1832 ereignete sich in Petersburg eine ungewöhnlich-sonderbare Begebenheit. Der Barbier, der in der Voznesenskaja wohnt, Ivan Ivanovič (sein Familienname ist verloren, zumindest ist auf seinem Aushängeschild ein Herr mit eingeseiftem Bart abgebildet, und unter der Unterschrift: auch zur Ader wird gelassen, ist angezeigt: Ivan Ivanovič, weiter nichts). Der Barbier Ivan Ivanovič, sage ich, erwachte und zog den bekleckerten Frack über, dessen Kragen und Aufschläge einen Geruch verströmten, der dem von Ambra ganz und gar unähnlich war. Ivan Ivanovičs Gemahlin, deren Name überaus schwierig ist, begann heiße Brote aus dem Ofen zu holen. »Ach, laß mich heute statt Kaffee lieber heißes Brot essen«, sagte Ivan Fëdorovič. Na schön, dachte die Gemahlin bei sich, die ganz und gar nichts dagegen hatte, die Kaffeekanne allein auszutrinken. Ivan Fëdorovič brach das Brot, und wie groß war seine Verwunderung, als er darin eine Nase sitzen sah. Eine männliche Nase, recht kräftig und dick... Seine Verwunderung überstieg entschieden alle Grenzen, als er erkannte, daß es die Nase des Kollegienassessors Kovalëv war, – jene Nase, an der er während des Rasierens zog und gegen die er sich mit dem Daumen abzustützen pflegte. Er konnte sich nicht irren: die Nase war fleischig, mit kaum sichtbaren feinen und zärtlichsten Äderchen, denn Kollegienassessor Kovalëv liebte es, nach dem Essen ein Gläschen guten Weines zu trinken.

[1832]

Fragment

Die Laterne lag im Sterben auf einer der fernen Linien der Basilius-Insel. Allein die weißen steinernen Häuser zeichneten sich hier und dort ab. Die hölzernen standen schwarz und verschmolzen mit der dichten Finsternis, die auf ihnen lastete. Wie schrecklich, wenn das steinerne Trottoir von hölzernem abgelöst wird, wenn sogar das hölzerne abbricht, wenn alles 12 Uhr spürt, wenn der entfernte Wachmann schläft, wenn allein die Katzen, die unsinnigen Katzen sich einsingen und munter sind! Aber der Mensch weiß, daß sie kein Signal geben und sein Unglück nicht begreifen, wenn er urplötzlich von Gaunern angefallen wird, die aus dieser dunklen Gasse gesprungen kommen, die ihm ihre finsteren Arme entgegenstreckt. Aber der um diese Zeit vorübergehende Passant hatte nichts dergleichen im Sinn. Er war kein gewöhnlicher Petersburger Passant. Er war kein Beamter, kein russischer Bart, kein Offizier und kein deutscher Handwerker. Ein Wesen jenseits der Bürgerschaft der Hauptstadt. Er war ein aus Dorpat gekommener Student, bereit zu jedweder Tätigkeit, der jedoch bislang nichts war als ein Student, der eine halbe Ecke in der Meščanskaja einnahm, bei einem deutschen Schuhmachermeister. Doch hiervon später. Der Student, der in dieser gesitteten Stadt stiller war als das Wasser, ohne Degen und Rapier, trottete, in seinen Mantel gehüllt, unter den Häusern entlang, wobei er den riesigen Schatten abschüttelte, der sich mit dem Kopf in der Finsternis verlor. Alles schien gestorben, nirgends ein Licht. Die Fensterläden waren geschlossen. Schließlich, als er in den Bolšoj-Prospekt einbog, erweckte seine Aufmerksamkeit ein großes Haus. Ein schmaler Spalt im Fensterladen, der als eine Linie des Lichts erstrahlte, zog ihn unwillkürlich an und verlockte, einen Blick hineinzuwerfen. An den Fensterladen geschmiegt und das Auge auf die Stelle gedrückt, wo der Spalt am breitesten war, verfiel er in Nachdenken. Eine Lampe erstrahlte in einem hellblauen Zimmer. Dies war völlig bedeckt mit durcheinandergeworfenen Stoffetzen. Eine beinahe unsichtbare, farblose Gaze hing luftig über den Lehnen eines Sessels und fiel in Strömen, wie ein sich ergießender Wasserfall zu Boden. Pailleblumen auf einem weißen, wie Silberglanz erstrahlenden Stoff leuchteten unter der Gaze. Etwa ein Dutzend Shawls, zerknautscht, leicht und weich wie Flaum, in völlig lebendigen Farben, lagen auf den Boden geworfen umher. Gürtel, goldene Ketten hingen an bis an die Decke reichenden Wolken aus Battist. Aber mehr als all dies fesselte den Studenten eine in der Ecke stehende schlanke Frauengestalt. All das für den Studenten in einem wunderbar bezaubernden, einem blendend göttlichen Kleid – im schönsten Weiß. Wie dieses Kleid atmet! ... Wieviel Poesie für den Studenten in diesem Frauenkleid! ... Aber die Farbe Weiß ist mit nichts zu vergleichen. Eine Frau in Weiß ist mehr als eine Frau. Sie ist Königin, Vision, alles, was Ähnlichkeit hat mit dem harmonischsten Traumbild. Eine Frau spürt das und verwandelt sich in besonderen Augenblicken in eine Weiße. Welch Funken durch die Adern stieben, wenn inmitten der Finsternis ein weißes Kleid erstrahlt! Ich sage – inmitten der Finsternis, weil alles dann als Finsternis erscheint. Alle Gefühle werden dann zu dem Geruch, der von ihm ausgeht, und zu einem kaum hörbaren, aber musikalischen Klang, den es erzeugt. Das ist die höchste und wollüstigste Wollust. Und darum stand unser Student, dem jedes Dienstmädchen auf der Straße einen Schweißausbruch verursachte, der keinen Namen fand für die Frau, – und verschlang mit Blicken die wunderbare Vision, welche, mit zur Seite geneigtem Kopf stehend, den ein ärgerlicher Schatten bedeckte, ihm schließlich das blendende Weiß ihres Gesichts und des Halses mit einer chinesischen Frisur zuwandte. Die Augen, unaussprechliche Augen mit einem Abgrund an Seele unter dem launisch und berückend gehobenen Samt der Brauen waren für den Studenten unerträglich. Er fuhr zusammen und erblickte erst da eine andere Gestalt, im schwarzen Frack, mit einem höchst seltsamen Profil. Ein Gesicht, in dem keine einzige Ecke zu bemerken war, das aber damit zugleich keine leichten, runden Züge enthielt. Die Stirn senkte sich nicht geraden Weges zur Nase hinab, sondern war ganz und gar abschüssig, wie ein Eisberg zum Schlittschuhlaufen. Diese Nase war ihre Verlängerung – groß und stumpf. Die Lippen, nur die obere ragte nach vorn. Kinn… keins. Von der Nase verlief eine diagonale Linie bis zum Hals. Sie bildete ein Dreieck, dessen Gipfel sich in der Nase befand: Gesichter, die nichts anderes als Dummheit ausdrücken.

[1832]

Lesarten der Erstveröffentlichung

1. An diesem 25-ten April *(Seite 5)*

2. Kutsche, welche zum Glück nicht weit fuhr und vor dem Gostinyj Dvor hielt. Er eilte dorthin, zwängte sich durch die Reihe der alten Bettlerinnen mit den verbundenen Gesichtern und zwei Schlitzen für die Augen, über die er früher so gelacht hatte. Volk war nicht viel da. Kovalëv fühlte sich in einem derart verwirrten Zustand, daß er sich zu nichts entschließen konnte, und suchte mit den Augen in allen Ecken nach diesem Herrn. Schließlich erblickte er ihn, vor einem Laden stehend. Die Nase barg ihr Gesicht ganz in ihrem hohen Stehkragen, und betrachtete mit großer Aufmerksamkeit irgendwelche Waren. *(S. 16)*

3. statt Jaryžkin: Jarygin, ein großer Freund, der beim Boston ewig die Bête machte *(S. 20)*

4. statt Ober-Polizeimeister nur: Polizeimeister *(S. 20)*

5. hier fehlt der Absatz mit Kovalëvs Dankesgabe; der Finderlohn hätte als Hinweis auf die Bestechlichkeit der Polizeibeamten gelesen werden können. (S. 38) nach: daß die Regierung all dem keine Aufmerksamkeit schenke. (*Seite 48)*

Danach ereignete es sich auf sonderbare und völlig unerklärliche Weise, daß die Nase Major Kovalëvs wieder an ihrer Stelle saß. Dies ereignete sich bereits Anfang Mai, ich weiß nicht mehr, ob am 5-ten oder 6-ten. Major Kovalëv, am Morgen erwacht, nahm den Spiegel und sah, daß die Nase dort saß, wo sie hingehörte, zwischen den beiden Wangen. Verwundert ließ er den Spiegel zu Boden fallen und fühlte beständig mit den Fingern, ob es tatsächlich seine Nase sei. Aber schließlich, überzeugt, dass es wirklich niemand anderes war, als sie selbst, sprang er im bloßen Hemd vom Bett und begann durchs ganze Zimmer einen Tanz zu hüpfen, zusammengesetzt aus Mazurka, Quadrille und Tropak. – Danach befahl er, ihm die Kleider zu geben, wusch sich, rasierte sich den Bart ab, der schon so gewachsen war, daß er statt mit der Bürste mit ihm die Kleider hätte reinigen können, – und schon einige Minuten später sah man den Kollegienassessor auf dem Nevskij-Prospekt, wie er heiter alle Leute anblickte; und viele bemerkten sogar sein im Gostinyj Dvor gekauftes schmales Ordensband, gekauft unbekannt zu welchem Zweck, denn er hatte keinerlei Orden.

Eine überaus sonderbare Geschichte! Ich kann nichts an ihr begreifen. Und wozu das alles? weshalb? Ich bin überzeugt, daß mehr als die Hälfte an ihr unwahrscheinlich ist. Es kann nicht sein, kann nie und nimmer sein, daß eine Nase von sich aus in Uniform ausfährt, und dann noch im Range eines Staatsrats! Und konnte Kovalëv in der Tat nicht kapieren, daß es unmöglich war, über die Zeitungsexpedition eine Anzeige über seine Nase aufzugeben? Ich meine das nicht in dem Sinne, daß es mir zu teuer erschiene, für eine Anzeige zu bezahlen: das ist eine Lappalie, und ich gehöre ganz und gar nicht zu den eigennützigen Menschen; sondern es ist einfach unschicklich, einfach ungehörig, es geht nicht. Eine Ungereimtheit, und nichts weiter! – Und auch der Barbier Ivan Jakovlevič, der plötzlich erscheint und wieder verschwindet, unbekannt weshalb und wozu. – Ich gebe zu, ich kann es nicht fassen, wie ich so etwas habe schreiben können? – Und unbegreiflich ist mir auch, wie Autoren Sujets dieser Art wählen können! Wohin soll das alles führen? Zu welchem Ziel? Was beweist diese Novelle? Ich begreife es nicht, begreife es ganz entschieden nicht. – Angenommen, für die Phantasie ist kein Gesetz geschrieben, und auf der Welt ereignen sich viele unerklärliche Begebenheiten, aber hier? ... Weshalb die Nase Kovalëvs? ... Und wozu überhaupt Kovalëv? ...

Nein, ich begreife es nicht, begreife es entschieden nicht. Für mich ist das so unerklärlich, daß ich… Nein, es ist nicht zu begreifen!

Anmerkungen

5

Am 25. März – vgl. die Daten in früheren Entwürfen; der 25. März war der Kirchenfeiertag Mariä Verkündigung, einer der höchsten Kirchenfeiertage der Orthodoxen Kirche [Blagoveščenie].

Ivan Jakovlevič – im ersten Entwurf noch Ivan Ivanovič, vgl. Gogols Novelle *Wie Ivan Ivanovič und Ivan Nikiforovič sich zerstritten*; Jákov, v. ahebr. Ia'qob: er folgt jem. nach.

Voznesenskij-Prospekt – Straße in Petersburg, übersetzt: der Himmelfahrtsprospekt, ehemals der Majors-Prospekt.

Familienname verloren – zum Spiel mit den Namen, auch mit dem Zeitpunkt ihrer Nennung vgl. den *Don Quijote*; auch Kovalëvs Vorname erscheint erst im Rahmen seines Briefwechsels.

Praskovja Osipovna – von griech. paraskene; Freitag, Osipovna von Vornamen Iosif in bäuerlicher Form: Osip.

6

Kollegienassessor – Beamtentitel der 8. Rangklasse in der zivilen Verwaltung, entsprach beim Militär dem Major.

Kovalev – sprich: Kovaljoff, von koval': südruss. der Schmied, mit der Nebenbedeutung: gewandter, geriebener, mit allen Wassern gewaschener Mann, Weiberheld, Schürzenjäger.

8

Wachmann – unterer Rang der städt. Polizei, Kennzeichen: Uniform, Hellebarde und Schilderhäuschen, zur Bewachung öffentlicher Plätze, Brücken, Verwaltungsgebäude.

Isaaks-Brücke – über die Große Neva, Schiffsbrücke, die das Stadtzentrum mit der Basilius-Insel [Vasiljevskij ostrov] verband.

9

graue Äpfel – gefleckt wie der später angesprochene Apfelschimmel.

Pud – altes russ. Gewicht, entsprach 16,38 kg.

10

Quartieraufseher – unterster, kleinster Distrikt der Polizei-Aufsicht.

Euer Wohlgeboren – Anrede für Adelige; der so angesprochene Polizist war selbstverständlich kein Aristokrat.

11

mit Hilfe gelehrter Attestate – d. h. durch Universitätsstudium.

im Kaukasus – Anspielung auf die Bestechlichkeit der Beamten, die im Kaukasus noch größer war als sonst in Rußland, zugleich auf gewisse Erleichterungen auf dem Dienstweg, die die Regierung für den Dienst im umkämpften Kaukasus gewährte.

13

von Riga bis Kamčatka – d. h. über die gesamte geographische Länge des russischen Reiches.

Major – vgl. Anm. zum Kollegienassessor.

Sadovaja – Straße in SPb., die Gartenstraße, quer zum Nevskij-Prospekt.

14

Boston – in den amerikanischen Freiheitskriegen erfundenes Kartenspiel zu viert, gespielt mit der Whistkarte.

Vizegouverneur – zweithöchster Beamter eines Gouverneurs, hier komisch im Gegensatz zum kleinen Beamtentitel des Exekutors, der in den Behörden untergeordnete Ordnungsfunktionen versah.

Departement – in der Puškinzeit für: Ministerium.

16

Staatsrat – im zivilen Dienst 5. Rangklasse.

Kazansche Kathedrale – am Nevskij-Prospekt in SPb., offizieller Name: »Unserer lieben Frau von Kazan«, nach der hl. Ikone der Gottesmutter von Kazan, 1801–1811 aufgeführt.

17

Verbeugungen – vor den Ikonen, im russ.-orthodoxen Gebet.

ihr erklären – im Russ. ist die Nase [nos] männlichen Geschlechts.

Voskresenskij-Brücke – Brücke der Auferstehung, verband die Stadtteile Litejnyj und Vyborger Seite.

18

Čechtareva – erfundener Name, möglicherweise abgeleitet von čichnut': niesen.

erklären Sie sich genugtuender – in offensichtlicher Anspielung auf ein mögliches Duell.

Senat – das Oberste Gericht.

19

Heiduk – auch Heiduck, Diener in ungarischer Tracht.

Kolonnade – zu beiden Seiten der Kazanschen Kathedrale führen, sich zum Nevskij-Prospekt öffnend, bogenförmige Kolonnaden zum Haupteingang.

20

Polizeibrücke — in SPb.s Zentrum, meint den belebtesten Teil des Nevskij-Prospekts bis zur Aničkov-Brücke über die Fontanka.

Hofrat/Oberstleutnant – Pendant zum Spiel mit Major und Kollegienassessor, nur in der 7. Klasse der Rangtabelle.

Jaryžkin – jaryžnik: Tagedieb, Strolch, Gauner.

Tischvorsteher – Amt in Ministerien der Puškinzeit, Abteilungsleiter.

die Bête machen – im Boston: verlieren; wer verliert, zahlt Bête.

21

Verwaltung für Wohlverhalten – russ. uprava blagočinija, meint die oberste Polizeibehörde in beiden Metropolen und in Gouvernementsstädten, übersetzt auch mit Amt für Öffentliche Ordnung.

22

Zeitungsexpedition – ėkspedicija; »nur deutsch ist der Gebrauch von *Expedition* ›für den Ort, wo etwas ab- oder zugefertigt wird‹ (Campe 1801); so bes. in *Zeitungsexpedition*« [Schulz, Deutsches Fremdwörterbuch 1913].

24

Griven – alte russ. Münze, Zehnkopekenstück in Silber.

Groschen – Münze, das Zweikopekenstück in Kupfer.

25

Kutscher von nüchterner Lebensweise – contradictio in adiecto: russ. redensartlich ist: trinkt wie ein Kutscher; gleiches gilt für die weiteren zum Verkauf angebotenen Titel.

leibeigene Magd abzugeben – Leibeigene zu verkaufen galt schon unter Nikolaus I. als anrüchig, daher die ›neutralere‹, allerdings regierungsamtlich vorgeschriebene Wortwahl.

26

Palageja Grigorjevna Podtočina – russ. podtočit': schleifen; der Vorname Palageja [Pelageja] ist ein typisch bäuerlicher.

27

Nase/Hr. Nasov – russ. Nosov; Herr, da die Nase [nos] grammatisch maskulin ist.

28

Pasquill – das Pasquill, franz. pasquin, eigentl. anonyme Schmähschrift, Brief mit spöttischem Inhalt; im Russ. auch als Adjektiv; paskvil'naja roža: häßliche, garstige Visage.

29

Nase ansetzen – 1821 erschien in russ. Übersetzung Carl Ferdinand Graefes *Rhinoplastik oder Die Kunst, den Verlust der Nase organisch zu ersetzen*, über Fortschritte in der Nasenchirurgie wurde daraufhin in den Zeitschriften diskutiert.

mit der Gaunertour – auf die familiäre Art.

30

»Nordische Biene« – auch »Nördliche Biene«, russ. *Severnaja Pčela*, Spitze gegen das patriotische Blatt F. V. Bulgarins und Feindes Aleksandr Puškins, der damals einzigen Tageszeitung Petersburgs.

blaue Assignate – älter für Geldschein, Banknote über 5 Rubel; Papiergeld, in Rußland eingeführt unter Katharina II., hatte jedoch nur den 2/3-Wert des Nominalwertes.

Tabak schnupfen – ohne das zu haben, womit man schnupfen könnte: Echo Gogols auf eines der *Bunten Märchen* seines Freundes Fürst V. Odoevskij »von der Seele, unbekannt welchem Körper gehörig« [1833], in der die Seele eines Verunglückten einen Beamten um die Rückgabe ihres Körpers bittet und der Beamte die körper-, also auch handlose Seele auffordert, ein entsprechendes Gesuch zu schreiben. Vgl. Nachwort.

31

Berežiner, Rapé – Schnupftabaksorten; Rapé die feine, 2 Rubel teure; Preisangabe für das Pfund: in der Novelle *Nevskij-Prospekt.*

32

einige Pfund – das alte russ. Pfund entsprach 410 g.

Aussprüche der antiken Weisen – iron. f. den alten, sprichwörtlichen Brauch, nach dem Essen zu ruhen; vgl. Epikur über das »Beruhigtsein des Leibes«, Epiktet in den Diatriben. Post coenam stabis, aut mille passus meabis: Nach dem Essen soll man stehn oder tausend Schritte gehn.

nicht in die Braue, sondern – russ. Redensart, sprichwörtlich für: ins Schwarze treffen.

33

Stabsoffiziere – Kollektivbezeichnung für mittlere Offiziere im Rang vom Major bis zum Obersten; äußere Kennzeichen: Epauletten mit Quasten und Schulterstücke mit zwei Längsstreifen.

34

kein Vogel, kein Bürger – Anspielung auf die von Puškin erzählte Anekdote, die auf Peter I. zurückging, der gesagt haben soll, das Huhn sei kein Vogel, die Frau kein Mensch und der Fähnrich kein Offizier.

38

rote Assignate – im Wert von 10 Rubel.

Telega – vierrädriger Bauernwagen, Fuhrwerk, auch als dt. Lehnwort [die Telege], dem es verboten war, in den eleganten Straßen der Innenstadt zu fahren.

43

scharfer Wodka – volkstümlich für Salpetersäure.

44

Aleksandra Grigorjevna – im Text zuvor: Pelageja Grig.

Platon Kovalëv – Platon, griech. platys: breitschultrig, füllig.

45

Filipp Ivanovič Potančikov – Diminutiv des nachgewiesenen, vom Vornamen Potapij abgeleiteten Familiennamens Potanin.

46

Wirkung des Magnetismus – Mesmerismus, auch Mesmer'scher Magnetismus, nach Franz Anton M., 1734–1815, Arzt, Begründer des animalischen Magnetismus.

tanzende Stühle – Puškin am 17. Dezember 1833 in seinem Tagebuch: »In der Stadt spricht man von einer sonderbaren Begebenheit. In einem der zur Behörde des Höfischen Marstalls gehörenden Häuser haben sich die Möbel einfallen lassen, sich zu bewegen und zu hüpfen; die Sache kam vor die Direktion – Fürst V. Dolgorukij ordnete eine Untersuchung an. – Einer der Beamten rief den Popen, doch während des Gebets wollten Stühle und Tische nicht stillstehen.« Hierüber auch Fürst P. A. Vjazemskij am 4. Januar 1834 an A. I. Turgenev: »Hier sprach man lange über eine sonderbare Erscheinung im Haus des Höfischen Marstalls: in den Zimmern eines der Beamten tanzten Stühle und Tische, schlugen Purzelbaum, Gläser, mit Wein gefüllt, wurden an die Decke geworfen; man rief Zeugen, einen Geistlichen mit Weihwasser, doch der Ball wollte sich nicht beruhigen. Ich weiß nicht, womit der Ball geendet hat; aber die Sache ist die, daß es keine leeren Gerüchte sind, sondern etwas war: ob eine diabolische Versuchung oder eine menschliche, ist unbekannt.«

47

Junkersches Geschäft – Modeatelier auf dem Nevskij-Prospekt, Ecke Bol'šaja Moskovskaja.

Spekulator – älter für: Spekulant.

Taurischer Garten – das Taurische Palais, mit großer Parkanlage, 1783–1789 von Katharina II. errichtet für den Fürsten Potëmkin.

Chozrev Mirza – persischer Prinz, 1813-1875, kam an der Spitze einer persischen Delegation im August 1829 nach Petersburg, nachdem in Teheran der russische Gesandte und Dichter Aleksandr Griboedov ermordet worden war; residierte während seines Aufenthalts im Taurischen Palais.

49

Tropak – eigentlich Trepak, ukrainischer Nationaltanz.

53

par amour – im russ. Original franz., aus Liebe.

Gostinyj Dvor – die Petersburger Handelsreihen, zweigeschossiger Kaufhof am Nevskij-Prospekt.

Nachwort

Die Nase macht den Mann.
Deutsches Sprichwort

1

Als Aleksandr Puškin 1836, im III. Buch des Almanaches *Sovremennik* [Der Zeitgenosse], dem russischen Leser Gogols Novelle *Die Nase* vorstellte, tat er dies mit gewinnendem Charme; seine redaktionelle Vorbemerkung, in eine Fußnote gekleidet, hatte diesen Wortlaut:

»N. V. Gogol war lange nicht einverstanden mit dem Druck dieses Scherzes; doch wir fanden in ihm so viel Überraschendes, Phantastisches, Heiteres, Originelles, daß wir ihn überredet haben, uns zu gestatten, mit dem Publikum das Vergnügen zu teilen, das uns sein Manuskript bereitet hat.«

Das Augenzwinkern dieser redaktionellen Notiz ist nicht zu übersehen; hinter ihm tritt die läßliche taktische Flunkerei zurück, Gogol habe sich lange dagegen gesträubt, die *Nase* herauszugeben: im Gegenteil, er brannte darauf, wie seine Korrespondenz mit Puškin 1836 belegt. Nach der Vorgeschichte, die er mit der *Nase* erlebt hatte, vor allem aber nach den lobenden Worten, die Puškin schon in Buch I des *Sovremennik* für Gogol gefunden hatte (›Der Autor schreitet voran‹), mußte er geradezu darauf erpicht sein, den Text gedruckt zu sehen.

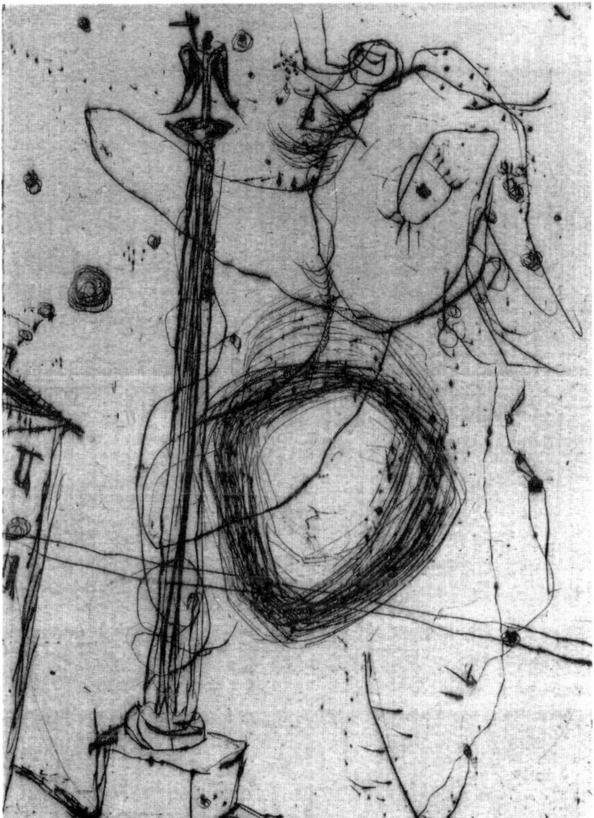

Puškin hatte triftige Gründe, den Text in seiner Bedeutung herabzuspielen und nur als ›Scherz‹ zu bezeichnen, denn er hatte seine leidvollen Erfahrungen mit der gottesfürchtigen und sittenstrengen Zensur seines Zaren – zu leicht hätte sie ihm den Druck des Texts schon wegen der im Titel benannten Doppeldeutigkeit verbieten können, eines Texts, auf den das Diktum Alexander Herzens von 1851 ebenso paßt wie auf Gogols Komödie *Der Revisor*, auf den es gemünzt ist: nie zuvor habe er, Herzen, eine »solch umfassende Vorlesung zur pathologischen Anatomie des russischen Beamten« gelesen; »mit einem spöttischen Grinsen auf den Lippen, dringt der Autor ein in die geheimsten Windungen dieser schmutzigen und bösartigen Seele.« – Die Worte treffen in gleichem Maße zu auf den Kollegienassessor »Major Kovalëv«, der vom russischen Leser, von der zeitgenössischen Kritik als Typ, also als Prototyp sofort erkannt und sprichwörtlich wurde, wie beinahe jede Gogolfigur.

Die Zensurbehörde von St. Petersburg hat sich wundersamerweise weder am Doppelsinn des titelgebenden Körperteils noch an Gogols Spott über den russischen Beamten gestoßen; für anstößig befunden wurde, daß »Major Kovalëv« seiner eigenen Nase in die Kazansche Kathedrale folge, und man verlangte die Verlegung der Begegnung an einen profaneren Ort.*

Puškin, Schlimmeres gewöhnt, gab nach. Daß auch die Moskauer Zensur gegen diese Stelle einschreiten könnte, hatte aber auch Gogol bereits befürchtet, als er am 18. März 1835 den Text an M. P. Pogodin abschickte: »Wenn im Falle Eure dumme Zensur sich darein verhakt, daß die Nase nicht in der Kazaner Kirche sein dürfe, dann kann man sie meinetwegen in eine katholische überführen. Übrigens denke ich nicht, daß sie schon bis zu einem derartigen Grade dem Wahnsinn verfallen ist.«

In Wirklichkeit war es viel schlimmer: Moskauer Literatursachverständige, Kritiker und Redakteure, die selbst unter der Zensur zu leiden hatten, waren über Gogols Text entrüstet und lehnten seine Veröffentlichung ab. Dies führt unmittelbar in die Vorgeschichte des Texts, über die Puškin sehr wahrscheinlich unterrichtet war, weil Gogol selbst sie ihm erzählt haben dürfte.

2

Mit dem Plan zu der *Nasen*-Novelle trug sich Gogol bereits seit 1832. Aus diesem Jahr stammt das Laternen-Fragment, auf dieses Jahr deutet der Beginn des ersten

* Z. B. ins Petersburger Kaufhaus Gostinyj Dvor; in dieser Gestalt erschien Gogols Novelle bis 1917. Erst danach stellten sowjetische Philologen den ursprünglichen Wortlaut wieder her.

Entwurfs mit dem Datum: »Am 23-ten des Jahres 1832 begab sich in Petersburg« usw., hierauf deutet auch die Datierung im Wasserzeichen des Papiers »F.K.N.G. 1832«, auf dem die erste überlieferte ›vollständige‹ Version der Novelle geschrieben ist. Diese erste Fassung des Texts ist frühestens Ende September 1833 abgeschlossen worden, spätestens im August 1834, gleich nach Erscheinen eines Verrisses der Puškin-Novelle *Pique Dame* durch Petersburgs Literaturpapst F. V. Bulgarin in dessen Zeitung *Severnaja pčela* [Nordische Biene]. Auf diesen Verriß repliziert Gogol am Schluß der *Nase* mehr oder weniger direkt.

Um das Petersburger Meinungsmonopol Bulgarins zu brechen, der mit der *Pčela* die damals einzige russische Tageszeitung herausgab und von der Hauptstadt aus die Definitionshoheit auch in literarischen Fragen innehatte, und der politisch ein übles Spiel spielte, planten 1835 einige Moskauer Literaturprofessoren, unter ihnen Gogols Freund, der Historiker Pogodin, die Gründung einer literarischen Zeitschrift. Pogodin, der auf diesem Gebiet als Herausgeber der Zeitschrift *Moskvitjanin* [Der Moskauer] 1827–1830 bereits Erfahrungen gesammelt hatte, brauchte für den *Moskovskij nabljudatel* [Moskauer Beobachter] Material. Die Halbmonatsschrift begann im März 1835 zu erscheinen, Gogol sagte für Heft 3 eine Novelle zu und schickte sie Pogodin am 18. März – worauf Stille eintrat; eine negative Antwort der Moskauer Redakteure an Gogol ist nicht überliefert, doch dürfte Pogodin, den Gogol damals mehrmals in Moskau besuchte, ihm die ablehnende Haltung der Redaktion mitgeteilt haben.

Im Januar 1836 verlangte Gogol den Text der *Nase* aus Moskau zurück, »um sie in eine Sammlung aufzunehmen, die ich vorbereite«. Nach dem Novellenband *Mirgorod* und der Sammlung der *Arabesken* in zwei Bänden, konnte von einer neuen »Sammlung« nicht die Rede sein. Wohl aber sah Gogol, nachdem Aleksandr Puškin von der Zensur die Genehmigung zur Herausgabe des Almanachs *Sovremennik* erhalten hatte, auch für die *Nase* eine neue Publikationsmöglichkeit. An Buch I des *Sovremennik* war Gogol mit gleich drei Beiträgen beteiligt worden: mit der kurzen Erzählung *Die Kalesche*, mit der Szenenfolge *Der Morgen eines vielbeschäftigten Mannes* sowie einem polemisch gegen die Petersburger Literaturmafia gerichteten Grundsatzartikel*, der so scharf ausfiel, daß Puškin es für geraten hielt, ihn anonym erscheinen zu lassen. – Für Puškins Almanach überarbeitete Gogol die *Nase* noch einmal

* *Über die Bewegung der Zeitschriftenliteratur der Jahre 1834 und 1835*, in: *Sovremennik*, Buch I, S.192–225.

radikal, indem er alle auf einen [Alp-]Traum hindeutenden phantastischen Elemente strich; *Die Nase* erschien in Buch III des *Sovremennik*, im September 1836.

Was 1835 in der Redaktion des *Moskovskij nabljudatel* vorgefallen war, machte Jahre später der Kritiker V. G. Belinskij öffentlich. 1842 teilte er in der Rubrik »Vermischtes« der Zeitschrift *Otečestvennyja zapiski* [Vaterländische Annalen] mit, eine Moskauer Redaktion habe seinerzeit Gogols *Nase* für »schmutzig« befunden. Im April 1843 legte er, der ewig Erhitzte, im Streit darüber, wer Gogols Talent als erster erkannt habe, in derselben Zeitschrift nach: »Von den früher existierenden Zeitschriften hat als erste das ›Teleskop‹* Gogol gewürdigt, und mitnichten jene andere Moskauer Zeitschrift, die es ablehnte, Gogols Novelle ›Die Nase‹ aufzunehmen, aus Gründen ihrer Abgeschmacktheit und Trivialität, auch nicht jener *namhafte* Kritiker**, der es ablehnte, über den ›Revisor‹ zu schreiben, als ein wiederum triviales und schmutziges Werk…«

* im *Teleskop*, September 1835: V. G. Belinskij *Über die russische Novelle und die Novellen Hrn. Gogols*, ein emphatischer Hymnus; noch im April 1835 hatte derselbe Kritiker in der Zeitschrift *Molva* festgestellt: »Hr. Gogol hat sich einfallen lassen, eine phantastische Novelle *à la Hoffmann* zu schreiben (›Das Portrait‹), und diese Novelle taugt entschieden zu gar nichts.«

** gemeint ist: Osip-Julian Ivanovič Senkovskij, Petersburger Kritiker aus dem Umkreis F. V. Bulgarins.

»Abgeschmackt«, »trivial« und »schmutzig« – so empfanden Gogols *Nasen*-Novelle auch viele andere Zeitgenossen, Kritiker und Redakteure, die zum staatstragenden Meinungsmacher-Kartell Petersburgs in Opposition standen.

3

Einhundert Jahre nach Puškin, der an humorvollem Hintersinn und am Spiel mit Doppeldeutigkeiten seinen Spaß hatte, nennt Vladimir Nabokov in seiner Gogol-Monographie* die *Nase* »nun wirklich eine Hymne auf dieses Organ«. Er attestiert ihrem Autor »Nasenbesessenheit« und hebt die »Geruchsbesessenheit« als »literarischen Kunstgriff« hervor, »angesiedelt in der Nachbarschaft derben Fastnachtshumors im allgemeinen und russischen Nasenhumors im besonderen«.** Abgesehen davon, daß Vladimir Nabokov das Nasen-Thema nur streift, illustriert er den Nasenhumor der Russen mit einigen redensartlichen Wendungen und Sprichwörtern, die so auch in anderen Sprachen zu finden sind. Nabokov erklärt letztlich

* Vladimir Nabokov, *Nikolaj Gogol*; geschrieben 1942f., erschienen 1944, deutsch in der Übersetzung von Jochen Neuberger, Reinbek 1990.
** Nabokov, S. 12–13.

nicht, warum: »Jeder Schriftsteller, der eine Fliege erwähnte, die sich auf jemandes Nase setzte, sich damit in Rußland den Ruf eines Humoristen verdiente«, und warum Hauffs *Zwerg Nase* bis heute ein Lieblingsmärchen aller lesenden Russen geblieben ist.*

Tatsächlich finden sich die meisten Belege für den »russischen Nasenhumor im besonderen« nicht nur im Wander'schen *Deutschen Sprichwörter-Lexikon* von 1867, sondern auch schon in Heinrich Zschokkes humoriger Nasen-Betrachtung, die, 1831 unter dem Titel *Lob der Nase* ins Russische übersetzt, gemeinhin als eine der möglichen ›Quellen‹ Gogols angesehen wird; ein Zschokke-Satz aus dem I. Kapitel könnte als Motto über der Nase stehen: »Es geht aber mit der Nase wie

*Vgl. die Verwandlung des »schönen Knaben, angenehm von Gesicht, und für das Alter von acht Jahren schon ziemlich groß« in einen geschrumpften Zwerg: »Seine Augen waren klein geworden, wie die der Schweine, seine Nase war ungeheuer und hing über Mund und Kinn herunter, der Hals schien gänzlich weggenommen worden zu sein, denn sein Kopf stak tief in den Schultern, und nur mit den größten Schmerzen konnte er ihn rechts und links bewegen; sein Körper war noch so groß, als vor sieben Jahren, da er zwölf Jahre alt war, aber wenn Andere vom zwölften bis ins zwanzigste in die Höhe wachsen, so wuchs er in die Breite, der Rücken und die Brust waren weit ausgebogen und anzusehen wie ein kleiner, aber sehr dicker Sack«:

»Zum mißgestalteten Zwerg war er geworden.«

manchem andern rechtschaffenen Manne, aus dem man wenig macht, so lange er da ist, und den man nicht genug lobpreisen kann hintennach, wenn er fehlt.«*

Die Rolle der Nase in Gogols Werk, in allen seinen Werken bis hin zu den *Toten Seelen*, ist unübersehbar. Ob den wahnsinnig werdenden Beamten am 12. November der »Hund in die Nase biß«, ob er in der Aufzeichnung »Madrid, 30. Februar« feststellt, auf dem Mond »können keine Menschen leben, nur Nasen«; ob Schiller [»nicht jener Schiller, der den ›Wilhelm Tell‹ und die ›Geschichte des Dreißigjährigen Krieges‹ geschrieben hat, sondern der bekannte Klempnermeister aus der Meščanskaja«] sich von Hoffmann [»nicht der Dichter Hoffmann, sondern ein recht guter Schuhmachermeister«] die Nase abschneiden lassen will, weil ihm der Schnupftabak viel zu teuer ist: »Ich will nicht, ich brauche keine Nase! Hörst du, mein Freund,

* Heinrich Zschokke, *Ueber die Nasen* [11 Kapitel].

An anderen Quellen werden genannt:

Karlgof, *Panegyrik der Nase*, 1832 in den Literarischen Beilagen zur Zeitschrift *Russkij invalid* [Russischer Invalide]; hier war 1831 die »französische Anekdote« *Die Nase* erschienen.

Aufgeführt werden auch die »persischen« Abenteuerromane von James Morier, *The Adventures of Hajji Baba of Ispahan*, russ. 1831, und *Mirza Hajji Baba in London*, russ.1830 – wo einem Barbier ein »gebackener Kopf« zugeworfen wird.

Hoffmann? allein für die Nase vierzehn Rubel vierzig Kopeken. An Feiertagen schnupfe ich Rapé, weil ich an Feiertagen keinen schlechten russischen Tabak schnupfen will. Im Jahr schnupfe ich zwei Pfund Rapé, zu zwei Rubel das Pfund! Ich bin ein schwäbischer Deutscher; ich habe einen König in Deutschland! Ich will keine Nase! Schneid mir die Nase ab! Hier hast du meine Nase!« Ob sich in den *Toten Seelen*, die mit einem Trompetenstoß aus Čičikovs Nase beginnen, die »angenehme Dame« und die »in jeder Beziehung angenehme Dame« über Čičikovs Nase unterhalten: »Und eine Nase hat er! eine ausgesprochen unangenehme Nase« – überall bei Gogol spielt die Nase eine im Wortsinn hervorragende Rolle, im literarischen Werk wie auch in Gogols persönlichem Leben.*

In seinen Briefen aus Rom an H. P. Balabina scherzt

* Bekanntlich hat Gogol von Kind an, da er von seinen Schulkameraden der »rätselhafte Zwerg« genannt wurde, unter der Größe seines Gesichtserkers gelitten, mit ihr aber eben auch zu scherzen gewußt.

Hinzuweisen ist in diesem Zusammenhang auf das in der Gogol-Literatur in Bibliographien zwar verschämt zitierte, aber wohl meistverschwiegene Buch des amerikanischen Philologen Simon Karlinsky, *The Sexual Labyrinth of Nikolai Gogol*, Harvard University Press, Cambridge & London 1976, in dem der Autor Gogols Werk vor dem Hintergrund seiner homosexuellen Neigungen und Affairen analysiert.

er mehrmals über Nasen, auch die eigene: »Cosi a voi vi se rapresenta forse il mio naso, lungo e simile a quello degli uccelli (o dolce speranza!). Ma lasciamo in pace i nasi; é questa materia delicata e tratandosi di questa, si puo facilmente restare con un palmo di naso.«* Im April 1838 [»2588-tes Jahr seit Gründung der Stadt«] berichtet Gogol derselben Adressatin, diesmal auf russisch, über den Humor der Römer: »Im Volk kam folgender Kalauer auf: ›Il dio vuol carnevale e non vuol cardinale.‹ Das erinnert mich an den Kalauer anläßlich des päpstlichen Verbotes des Karnevals im vergangenen Jahr. Sie wissen, daß man den heutigen Papst, aufgrund seiner großen Nase, Pulcinella nennt; hier der Vers:

›Oh! questa si ch'é bella!
Proibisce il carnevale Pulcinella.‹«

4

König der »Naseologie« in der Weltliteratur ist natürlich Laurence Sterne mit seinem *Tristram Shandy***,

* Vielleicht erscheint Ihnen auch meine Nase so, lang und ähnlich dem Schnabel eines Vogels (o süße Hoffnung!). Aber lassen wir die Nase in Frieden; das ist eine delikate Materie, und man kann, wenn man diese behandelt, leicht mit einer langen Nase dastehen.

** Auf russisch erschienen 1804; im deutschen Text zitiert in der Übersetzung von Michael Walter.

wenn er im III. Buch, Kapitel XXXII für die Nase ein für alle Male klarstellt:

»Deshalb definiere ich die Nase wie folgt, – wobei ich vorderhand meine Leser, männliche wie weibliche, welchen Alters, Temperaments und Standes sie auch immer sein mögen, um der Liebe Gottes und ihrer eigenen Seelen willen ersuche und beschwöre, vor den Versuchungen und Einflüsterungen des Teufels auf der Hut zu sein und nicht zu leiden, daß er ihnen durch List und Tücke irgendwelche anderen Ideen in den Kopf setze als die, welche ich in meiner Definition niederlege. – Denn wenn das Wort *Nase* hier in diesem langen Nasenkapitel und an jeder anderen Stelle meines Werkes, wo das Wort *Nase* auftaucht, anlangt, – so erkläre ich, daß ich mit diesem Wort eine Nase meine und nichts mehr oder weniger.«

Um dann, an ungezählten Stellen, die Doppelbedeutung auszuspielen, am herrlichsten selbstverständlich zu Beginn des IV. Buches in der *Slawkenbergii fabella*, in der jeder Straßburger Bürger, vor allem natürlich Bürgerinnen, die sechsmal so große Nase des Fremdlings, der aus dem »Vorgebirge der Nasen« kommt, mit den Fingern befühlen möchte und die Nase eine ganze Stadt in Aufruhr versetzt.

Sternes Nasen-Feuerwerk im *Tristram Shandy* bezieht sich mehrmals direkt auf seinen großen Vorgänger Rabelais, der im Vierzigsten Kapitel des *Gargantua* erzählt, »Warum die Mönch weltflüchtig sind, und warum man an etlichen längere Nasen find, als an andern«, vor allem verweist Sterne, z. B. mit der Nase, die aussieht wie ein Kreuz-As, auf Kapitel Neun des IV. Buches, in dem Pantagruel auf die Insel Ennasin* gelangt und dort die Liebesspiele der Nasenlosen beobachtet und deren Fortpflanzung studiert.

Damit ist der Nasenvorrat der Weltliteratur jedoch keineswegs erschöpft. Auch bei Cervantes, den Gogol nur selten und meist nur im Zusammenhang mit Puškin erwähnt,** im *Don Quijote* spielt die Nase keine geringe Rolle. Etwa im Zweiten Buch, Kapitel 14: »In diesem Augenblick gewahrte auch Don Quijote den Knappen mit der seltsamen Nase, und er war darüber nicht weniger verwundert, so daß er ihn für ein Ungeheuer hielt oder für einen Menschen ganz neuer Art, wie man sie auf dieser Welt noch nicht kannte. Sancho

* So in der Übersetzung von Michael Walter, im *Tristram Shandy*. Gottlob Regis übersetzte: »das Eiland Plattnasien«, E.Hegaur und Dr. Owlglass 1951: »die Insel Nasenbar«.

** z. B. in der »Beichte des Autors«, in der es heißt: »Er [Puškin] nannte mir das Beispiel des Cervantes, der einige wundervolle und gute Novellen geschrieben hatte, der aber, hätte er sich nicht an den Don Quijote begeben, nie den Platz einnähme, den er heute unter den Schriftstellern einnimmt...« aus: *»Gogols Petersburger Jahre«*, Friedenauer Presse, Berlin 2003.

wollte nicht allein bei der großnasigen Mißgeburt zurückbleiben, denn er fürchtete, ein einziges Zusammentreffen mit dieser Riesennase könnte dem Streit ein Ende machen.« Die unzähligen Nasenstüber, die ausgeteilt werden; die Szene am Hof des Herzogs, an dem Sancho Panzas sehnlichster Wunsch erfüllt wird, zuvor aber die vier Fräulein Don Quijote den Bart einseifen, erinnert an das Handwerk des Ivan Jakovlevič, der, wie Sancho Panza, gern »Brot mit Zwiebel« ißt und in dem frisch gebackenen Brot die Nase findet.

5

Gogols Nähe zu den deutschen Romantikern ist oft apostrophiert worden, schon zu Lebzeiten, vor allem die geistige Verwandtschaft zu E.Th.A. Hoffmann; ihn nennt Gogol mehrfach selbst (vgl. das Handwerkerpaar in der Novelle *Nevskij Prospekt),* und gewiß hat der ›Gespensterhoffmann‹ auch schon eine Rolle bei den Erzählungen des Bandes *Mirgorod* gespielt. Im Fall der *Nase* denkt man als erstes an Adalbert von Chamissos *Peter Schlehmil*, der seinen Schatten verkauft und darüber ins Unglück stürzt, sowie an Hoffmanns *Geschichte vom verlornen Spiegelbilde*, ein Jahr nach *Peter Schlehmils wundersamer Geschichte* erschienen, nämlich 1815 in Band IV der *Fantasiestücke in Callots Manier.*

Gogol hat von den deutschen Romantikern aber nicht nur das »Phantastische« übernommen, sondern auch deren Spiel, sich gegenseitig zu zitieren und mit den erfundenen Figuren des verehrten Kollegen weiterzuspielen, auch: sie namentlich anzurufen, wie etwa Hauff in den *Mittheilungen aus den Memoiren des Satan*: »Den Feineren, Gebildeteren war es natürlich von Anfang auch ein Gräuel, ich verwies sie aber auf eine Stelle bei Jean Paul. Er sagte nämlich in seinem unübertrefflichen Quintus Firlein«, um zu schließen: »Wenn ein Meister wie Jean Paul, dem ich hiermit für diese Stelle meinen herzlichen Dank öffentlich sage, also sich ausspricht, was konnten die Kleinmeister und Jünger dagegen?« Oder Chamisso, der im Vorwort zum *Schlehmil* ausruft: »Freilich muß ich selbst gestehen, daß es um die Geschichte schad' ist, die unter des guten Mannes Feder nur albern geworden, daß sie nicht von einer geschickteren fremden Hand in ihrer ganzen komischen Kraft dargestellt werden kann. Was würde nicht Jean Paul daraus gemacht haben!« E.Th.A. Hoffmann spielt mit Chamissos Figuren weiter, läßt Schlehmil in der *Gesellschaft im Keller* persönlich auftreten bis hin zu dessen »Pantoffeln«, den Siebenmeilenstiefeln, und verheiratet, in den *Erscheinungen*, Mina mit Schlehmils Diener Rascal.

Gogols *Nase*, die sich in der Rahmenhandlung ins

Milieu der kleinen Leute, der Petersburger Handwerker begibt und deshalb auch gelesen werden kann als Fortsetzung und Vertiefung des *Sargschreiners* von Aleksandr Puškin, enthält einen ganz ähnlichen Freundesgruß an einen weiteren schreibenden Zeitgenossen, nämlich den Fürsten Vladimir Odoevskij [1803–1869], mit dem Gogol während seiner Petersburger Jahre in engstem Kontakt stand. Odoevskij, ein feiner, in Deutschland kaum bekanntgewordener Autor[*], Musikkenner und Kritiker wie E.Th.A. Hoffmann, als Prosaschriftsteller und profunder Kenner der mittelalterlichen Wissenschaften und Künste einer ganz eigenartigen Phantastik nachhängend, hatte 1833 eine Sammlung phantastischer Geschichten unter dem Titel *Bunte Märchen* herausgegeben, die in der Geschichte der russischen Literatur ihresgleichen sucht und Jahrzehnte lang keinen Nachfolger fand.

Unter ihnen findet sich das *Märchen vom toten Körper, unbekannt, wem gehörig*: Eine Leiche, erfroren, wird gefunden, aber niemand vermißt den Toten. Als sich nach vier Wochen auf die amtliche Bekanntmachung niemand meldet, reist der Gerichtsschreiber Sevastjanyč zum Fundort, um am nächsten Morgen ein Protokoll

[*] Es gibt von ihm, in deutscher Übersetzung, nur die Sammlung *Russische Nächte*, Berlin 1987, Frankfurt M.[2] 1996.

abzufassen und die Leiche zu bestatten. In der Nacht hört Sevastjanyč eine Stimme: die Stimme der Seele, die dem toten Körper einst gehört hatte. Die Seele möchte ihren Körper wiederhaben. Sevastjanyč: dazu müsse Sie ein Bittgesuch einreichen. Nur womit soll die Seele, die keinen Körper, also auch keine Hände mehr hat, die Feder für ein Bittgesuch führen? Sevastjanyč ist bereit, sich das Gesuch von der Seele diktieren zu lassen. Natürlich ist er betrunken, und als am nächsten Morgen das Bittgesuch der Seele – ein Glanzstück absurder Literatur – dem Richter in die Hände fällt, ist des Gelächters kein Ende.

Die Stelle in Gogols *Nase*, in der Zeitungsexpedition, wo der Beamte dem nasenlosen »Major Kovalëv« Schnupftabak anbietet, liest sich wie die direkte Übersetzung der körperlosen Seele aus Odoevskijs Märchen in die Petersburger ›Wirklichkeit‹ – mit dem feinen, aber entscheidenden Unterschied, daß Odoevskijs Märchen motiviert war durch einen alkoholisierten Wach-Traum, denn Sevastjanyč hatte zu der gebratenen Gans eine ganze Vierkantflasche Schnaps getrunken, ehe die Seele zu sprechen anhob; wohingegen Gogol 1836, bei der Bearbeitung seiner Novelle zur Erstveröffentlichung durch Puškin, jede Motivation für das Verschwinden der Nase eliminiert und den [Alp-]Traum, der die Nase in der ersten Fassung begründet hatte, radikal gestrichen hat – und damit, in der Nachfolge Laurence Sternes und Puškins *Pique Dame*, als einer der ersten Russen das Gebiet der reinen Phantastik betrat.

6

Einhundert Jahre nach der russischen Erstveröffentlichung der *Nase* notiert Daniil Charms, ein anderer Petersburger Meister der grotesken Phantastik, der Gogol ebenso schätzte und liebte wie den ›Klassiker‹ Kozma Prutkov und den Prager ›Mystiker‹ Hubert Meyrink, im April 1933, ihn interessiere »Alles logisch Sinnlose und Unsinnige. Alles was Lachen hervorruft. Dummheit. Humor... Individueller Aberglaube. Kunststücke von Hand, keine Illusionen mithilfe von Apparaturen.«*

Als wollte er Puškins Einschätzung der *Nase* Gogols als »kleinen Scherz« aufgreifen, präzisiert Charms in seinem Notizbuch am 31. Oktober 1937: »Mich interessiert nur der ›Quatsch‹; nur das, was keinerlei praktischen Sinn hat. Mich interessiert das Leben nur in seiner unsinnigen Erscheinung. Heroismus, Pathos,

* Daniil Charms, *Die Kunst ist ein Schrank*. Aus den Notizbüchern 1924–1940, Berlin, Friedenauer Presse, 1992.

Schicksal, Moral, hygienisch Reines, Sittlichkeit und Glücksspiel – sind mir verhaßte Wörter und Gefühle.«

Und wie um die Leiden des späten Gogol, des Autors der »Beichte« und der *Ausgewählten Stellen aus Briefen an Freunde* zu bekräftigen, fährt Charms in derselben Notiz fort: »Dagegen begreife und achte ich zutiefst: Entzücken und Begeisterung, Inspiration und Verzweiflung, Leidenschaft und Beherrschung, Laster und Keuschheit, Kummer und Leid, Freude und Lachen.«

Weidmoos, Januar 2003 *Peter Urban*

Umschlag-Entwurf: Horst Hussel

Katharina Wagenbach-Wolff, Carmerstraße 10, 10623 Berlin

Gesetzt in der Bembo-Antiqua von Harald Weller, Berlin
Gedruckt bei der Druckerei Gerike, Berlin
Printed in Germany ISBN 3-932109-29-5